J. M. COETZEE

可恥 DISGRACE

柯慈

張茂芸 譯

第一章

以他這種年紀（五十二歲）又離了婚的男人而言，他自認對性方面的問題處理得還滿不錯的。他每週四下午開車到綠岬區，兩點鐘準時按下溫莎大廈大門對講機的按鈕，報上姓名，推門入內。等在一一三室門口的是索拉雅。他逕自走進臥房，室內氣息宜人，燈光柔和。他逐一脫下身上的衣物。索拉雅從浴室出來，脫了浴袍，鑽進被窩躺在他身旁。「想我嗎？」她問。「一直都想。」他答，輕撫她毫無曬斑的蜂蜜色肌膚，把她攤開，吻她雙乳。兩人做愛。

索拉雅個子瘦高，烏黑的長髮，水汪汪的黑眸。嚴格說來，他的年紀都可以當她爸了；但真要講得那麼嚴格，男生十二歲就可以當爸了。他成為她的常客已經一年多，對她相當滿意。一週七天無垠的沙漠中，星期四是他奢華縱欲的綠洲。

索拉雅在床上不是表現得很熱切的那型。她的性子其實相當文靜，文靜而順從。意外的是她對很多事的道德意識還滿強的。觀光客大白天的在公共海灘上袒胸（她稱之為「布袋奶」）露背走來走去，她就看得很不順眼。她還覺得應該把流浪漢組織起來，派他們去掃街。至於她這些看法和她從事的行業怎麼兜得起來，他就不問了。

由於從索拉雅身上得到無比的樂趣，也因為這樂趣始終不減，他逐漸對她生出某種感情，也認為這種感情在某種程度是互相的。感情或許不是愛情，但至少很接近。他們的關係原本從一開始就沒有未來，能走到這一步是他們兩人的幸運——他有幸找到她；她有幸遇見他。

他的態度是：他很清楚自己的感覺，對現狀也十分滿意，對她的感情甚至有點過了頭，但他沒有收手的意思。

這九十分鐘時段的費用是四百蘭特*，其中有一半會進「密伴服務」的口袋。公司抽成這麼多，感覺有點可惜。不過這間公司是一一三室的屋主，溫莎大廈裡的公寓都是他們的。所以從某個意義來說，索拉雅也歸他們所有。她的這部分，這功能。

---

* 譯註：Rand，南非貨幣單位（ZAR），又譯「南非幣」或「鍰」。

他有點半認真考慮約她私下見面。他想找一天晚上和她共度，或許甚至過夜，但用不著待到隔天早晨。他太了解自己，隔天一早他會變得很冷淡，脾氣又壞，巴不得趕緊獨處。他不願讓她承受這些。

他這人就這性子，不會變了。他這個歲數早就本性難移。天性如此，定了。他身上最硬的部分就兩個，一是頭骨，再來就是個性。

率性而為。這不是什麼哲學，他不會用這種字眼把它講得多高尚。率性好比《聖本篤準則》，是種生活守則。

他身體還不錯，神智也清楚。職業是學者，多年來如此。治學依舊是他生活的重心，只是一陣一陣的。他的生活不超過收入的界線、個性的界線、情緒負荷的界線。他快樂嗎？用大多數人的標準來看，是，他覺得答案是肯定的。然而他沒忘記《伊底帕斯王》中的歌隊最後唱著：死之前沒人是快樂的。

在性這方面，雖然他性喜激烈，卻向來與熱情無涉。倘若要他選擇一種圖騰來形容，應該會是蛇。他想像和索拉雅的交合必然有如蛇之交配——綿長、專注，但縱使在最激烈的時刻，也是不帶情緒，沒有溫度。

索拉雅的圖騰也會是蛇嗎？她和別的男人一起，肯定會變成另一個女人——就像歌劇《弄臣》說的，la donna è mobile（義文：善變的女人）。然而就這方面的性格而言，她與他之間的契合是裝不來的。

雖說索拉雅的職業是蕩婦，他還是信任她，只是有一定限度。他們共度的時段中，他會稍稍放下顧忌和她說些事情，有時甚至講到自己的心事。她知道他的人生經歷，也聽他講過自己的兩次婚姻和獨生女、女兒遇上的順境逆境等等。她清楚他對很多事情的看法。

索拉雅對自己在溫莎大廈之外的生活從未吐露隻字。「索拉雅」也不是她的真名，他很肯定。從某些跡象看得出她生過小孩，也許還不只一個。她可能也不是專門做這行的，說不定每週只有一、兩天下午接公司介紹來的案子，除此之外都住在市郊，像萊藍或艾斯隆這種穆斯林或有色人種社區，過著還不壞的生活。穆斯林這樣做很不尋常，但這年頭沒什麼不可能。

他不怎麼談自己的工作，不希望她聽了覺得無聊。他任教的學校是「開普科技大學」，之前的名稱是「開普敦大學學院」。他原本是現代語言學的教授，但因該校推動大規模合理化改革，關了「古典與現代語言學系」，之後他就成了傳播系的兼任教授。不過學校為了提振教員士氣，准許受這波改革影響的教授每年開一堂專門領域的課，選課人數多寡無所謂。今年他開的課是「浪漫時期詩人」。除此之外他教的課是編號「傳播101」的「溝通技巧」，及編號「傳播201」的「進階溝通技巧」。

他每天都會為這門新學科的課認真花幾小時準備，但還是覺得「傳播101」課程手冊中開宗明義的某段文字實在荒謬：「人類社會創造語言，讓我們彼此可以溝通想法、感受、意向。」照他自己的看法，「說」的起源在於「唱」；「唱」的起源則是因為人的靈魂太大太空洞，得用聲音來填滿。他只是沒把這想法說出口而已。

他在長達四分之一個世紀的學術生涯中出過三本書，沒有一本造成轟動，連半點回響都沒有。第一本書的主題是歌劇（《包益多與浮士德傳說：歌劇〈魔鬼梅菲斯特費勒〉之起源》）；第二本研究異象與愛欲的關係（《聖維多的理察之異象》）；第三本則探討華茲華斯與歷史（《華茲華斯與歷史的重擔》）。

這幾年他一直在考慮要寫關於拜倫的作品。最初的想法是再寫一本書，同樣屬於評析性質，但真要提筆又覺得乏味，無以為繼。老實說，他已經厭倦批判，厭倦長篇大論。他真正想寫的是音樂——他取名為《拜倫在義大利》，用室內歌劇的形式，闡述他對兩性之愛的思索。

他照樣上傳播系的課，心裡卻想著這齣還沒動筆的作品，腦中不斷掠過各種樂句、曲調、歌曲的片段。他當老師從來不算多稱職，在這所已強迫轉型（在他心目中形同去勢）的學校，更是顯得格格不入。然而和他同屬前朝遺老的同事們又何嘗不是如此。往日的學養已不符今日職務所需。他們是後宗教時代的神職人員，毫無用武之地。

他不重視自己教的東西，學生自然也對他沒什麼印象。他講課，台下的學生直接把他當透明人，也不記得他的名字。儘管他不願承認，學生這種冷淡的態度還是令他火大。然而他仍舊一絲不苟，履行他對學生、家長、國家的義務。他月復一月指派作業給學生，待他們寫完交回、收妥、逐一批閱；改標點符號、拼字、措辭；學生若寫不出有力的論述，他便提出質問。每份作業都會附上他再三考量後的短評。

他還是教下去，因為教書讓他維持生計，也讓他學會謙遜，讓他明白自己在這世上微不足道。但他也清楚這其中諷刺的是——來教的人收穫最多；來學的人毫無所得。這是他這一行的特色，只是他沒對索拉雅提起。他覺得她那一行恐怕不會有類似的反差。

＊＊＊

綠岬區的那間公寓廚房裡有快煮壺、塑膠杯，玻璃罐裝著即溶咖啡，一只小碗中放了糖包。冰箱冰了許多瓶裝水。浴室放了肥皂和一疊毛巾，櫃子裡有乾淨床單。索拉雅把化妝品放在過夜包裡。這是幽會之地，僅止於此，實用、整潔，一切井井有條。

索拉雅頭一次接待他，塗著朱紅唇膏，抹了厚厚的眼影。他不喜歡這麼濃豔的妝，叫她全部擦掉。她照辦了，從此見他時再也不化妝。她學得快，又聽話，很有彈性。

他喜歡不時送她禮物。新年送她一隻琺瑯手鐲；伊斯蘭節日的禮物則是一隻孔雀石製成的小鷺，是他在某間古玩店一眼看中的。他喜歡她毫不矯飾的喜悅。

他沒想到每週有女人來相伴九十分鐘，就足以令他快樂。他曾以為自己需要有妻、有家、有婚姻，結果他的需求原來這麼輕簡、這麼微小，倏忽即逝，猶如蝴蝶。不帶情緒，或者只有最深層、最意想不到的——某種好似固定低音的滿足感，一如都會車流的低鳴是都市人的催眠樂；夜裡萬籟俱寂是鄉下人的搖籃曲。

他想到《包法利夫人》中的艾瑪．包法利。恣意狂幹一整個下午後，心滿意足回到家，呆了雙眼。原來這就是極樂！艾瑪望著鏡中的自己驚嘆。原來這就是詩人所謂的極樂？唔，假如艾瑪那可憐的幽魂哪天有辦法來到開普敦，他會找個週四下午帶她同行，讓她看看極樂可以是怎樣：一種適度的極樂，收斂後的極樂。

＊＊＊

然後，某個週六上午，一切都變了。他到市區辦點事，在聖喬治街走著走著，視線忽地落在前方人群中一個修長的身影上。是索拉雅，毫無疑問，左右兩側各有一個小孩，都是男生。三人手上大包小包，顯然是出來逛街買東西。

他遲疑片刻，隨即遠遠跟著他們。這三人的身影消失在德雷戈船長海鮮餐廳。兩個男孩和索拉雅一樣，烏亮頭髮，深色雙瞳。除了是她兒子，沒有別的可能。

他往前走，又折回，再次經過那間餐廳。母子三人坐在靠窗桌位。那瞬間，索拉雅透過玻璃窗與他四目相對。

他向來是都會男人，在愛欲橫流、目光似箭的人潮中，簡直如魚得水。然而自己與索拉雅之間的這一眼，他馬上就後悔了。

兩人隔週四會面，對那天的事絕口不提。然而那記憶好似烏雲，惴惴不安懸在兩人上空。索拉雅這種雙重生活想必是行於險地，他毫無驚擾之意。他完全贊成雙重生活、三重生活、有多種區隔的生活。若要說他有什麼感覺，只能說他確實對她生出更多的疼惜之心。我會幫妳守密的，他想這麼說。

只是他和她都無法當作沒這回事。兩個小男孩成了兩人之間明確的存在。他們的母親和陌生男人交合之際，他們倆就在房間一角的暗影中默默玩耍。在索拉雅的臂彎中，他有那麼一瞬間成了兩個男孩的父親：養父、繼父、影子父親。下了索拉雅的床後，他只覺他們暗自好奇地掃了他一眼。

他不由自主想到另一個父親，那個正牌父親。他到底知不知道自己的太太在做什麼？還是說，他寧願選擇無知便是福？

他沒有兒子。童年在女人堆中度過。先是媽媽、姑姑、阿姨、姊妹，她們逐漸離開他的生活圈後，陸續取而代之的是數名情婦、兩任妻子、一個女兒。和女人相處久了，令他醉心於女性，某種程度上也可說他是好色之徒。他的身高、體格、橄欖色肌膚、飄逸的髮絲，讓他始終具有某種磁場般的吸引力。倘若他有某種意圖、用某種眼神看一個女人，對方十之八九會回望他，這點他很有把握。他就是這樣過日子，幾年來、幾十年來，這是他生活的支柱。

然後有一天，一切都結束了。他這股魔力無預警消失了。曾經回望他的眼神，如今只是迴避、掠過、穿透他。他在一夜間成了幽魂。要是想找女人，他就得學會追求，但結局往往是他得用某種方式花錢買。

他急了，開始飢不擇食，以求存活。他和幾個同事的妻子偷情；在海邊的酒吧或「義大利俱樂部」釣觀光客；召妓也是選項之一。

他認識索拉雅，是在「密伴服務」前檯旁邊又小又暗的會客區，百葉簾遮住了窗，角落擺了些盆栽，屋內瀰漫經年不散的菸味。索拉雅在公司名冊上的分類是「異國風」。照片中的她髮間別了朵豔紅的西番蓮，眼角牽出淡淡幾絲細紋，資料寫著「僅限下午」。他看到這裡就決定是她了——可以想見他們會在拉上百葉窗的房間相會，涼涼的床單，偷來的時間。

從一開始的體驗就令人滿意，正如他所要，直接命中紅心。後來的一年間，他完全用不著請那公司另覓人選。

接著就是聖喬治街上的偶遇，繼之而來的是疏遠。儘管索拉雅照樣與他會面，他卻感到兩人之間愈來愈冷淡，她漸漸變得不過是另一個女人，自己也不過是另一個顧客。

他腦中有幅鮮明的畫面：妓女之間聊起自己的老主顧，尤其是上了年紀的男人。她們分享各種經歷，笑得前仰後合，但偶爾也打個冷顫，就像半夜到廚房一開燈，看到洗碗槽裡有蟑螂的那種反應。不用多久，他也會被她們打個冷顫順勢抖掉，做得既漂亮又狠毒。這是他逃不掉的宿命。

兩人偶遇後的第四個週四，會面結束後他正要出門，索拉雅開口了。他早有心理準備。「我媽病了。我要請假回去照顧她。下週我就不來了。」

「那我可以和妳約下下週嗎？」

「我也不確定，得看我媽的狀況。你最好先打電話來。」

「我沒有妳的號碼。」

「打給公司。他們知道。」

他等了幾天才打去介紹所。索拉雅？索拉雅離職啦，接電話的男人說。不行，我們不能讓你聯絡她，這樣違反公司規定。要不要我們介紹別的小姐給你？我們還有很多異國風的，隨便你挑——馬來西亞的、泰國的、中國的，應有盡有喔。

後來某一晚，他在長街某間旅館和另一個索拉雅做——「索拉雅」在這一行好像是滿普遍的花名。這個索拉雅看樣子不會超過十八歲，沒什麼經驗，在他看來就是個老粗。「你是幹哪行的啊？」她邊脫衣服邊問。「進出口。」他答。「是喔。」她只應了這一句。

他系上有個新來的祕書。他帶她出去吃午餐，刻意選了跟學校有段距離的餐廳，免得引人注目。兩人邊吃鮮蝦沙拉，他邊聽她抱怨兒子學校裡的事。她說毒販就明目張膽在操場晃來晃去，警察卻毫無作為。她和先生打算移民到紐西蘭，已經在紐國領事館的名單上排了三年的隊。「你們這些人的日子過得比較簡單。我是說，無論局勢好壞，至少你們知道怎麼自處。」

「你們這些人？」他不解。「哪些人？」

「我是說你那個世代的人。現在所謂守法，是大家只守自己願意守的法。這和無政府狀態有什麼兩樣？這種無法無天的環境，怎麼養小孩？」

她的名字是棠恩。他第二次帶她出去，在他家暫停了一下，兩人上了床，卻搞得興味盡失。她弓起身不斷抖動，十指緊掐住他，看似欲仙欲死，卻令他倒盡胃口。他借她梳子整理儀容，開車載她回學校。

那之後他就避著她，還很小心繞過她的辦公室。她對他則回以受傷的眼神，後來乾脆視而不見。

他是該放手，從獵豔遊戲中退場了。他好奇，希臘神學家俄利根是在幾歲閹了自己的？這肯定不是面對老去最優雅的解方，但話說回來，老去本來就不是優雅的事。至少，先把手上的事處理乾淨，才能專心面對老人得面對的：準備死去。

會有人去找醫生做這件事嗎？這種手術想必很簡單——每天不是都有醫生幫動物做

嗎？倘若不去理會些許殘存的哀傷，動物手術完也都活得好好的啊。剪斷、紮好——只要局部麻醉，有隻穩定的手，加上鎮定的心，照著教科書的步驟，對自己動手也不是沒可能。男人坐在椅子上，自己剪了自己——場面是不好看，但從某個角度而言，不會比這人在女人身上動來動去的場面難看。

還有索拉雅。他應該把這件事做個了斷。只是他非但沒了斷，反而雇了徵信社追查她的下落。不到幾天，她的本名、地址、電話號碼全有了。他上午九點打過去，知道她先生和小孩不會在家。「索拉雅嗎？」他問。「我是大衛。妳好嗎？我什麼時候可以和妳碰面？」

很長的一陣沉默後她才開口。「我根本不認識你。你居然打到我家來騷擾我。請你別再打到這裡來，永遠不准打來。」

她用的字是「請」，真正的意思則是「命令」。但她高八度的尖嗓子倒是大出他意料——之前完全沒有跡象顯示她發得出這種聲音。不過話說回來，他是掠食動物，這樣直搗母狐狸的巢穴，闖進小狐狸的窩，還能指望對方有什麼反應？

他放下話筒。一道妒羨交織的暗影掠過，為了那個他從沒見過的丈夫。

第二章

少了週四的插曲，一週便好似單調無奇的沙漠。有些日子他甚至不知如何自處。

他待在學校圖書館的時間更多了。除了以拜倫為主題的書之外，和拜倫相關的書也都找來讀，邊看邊做筆記，放進已經撐到快爆炸的兩個檔案夾。他喜歡閱覽室向晚時分的靜謐，喜歡看完書走回家的路上——令人精神一振的凜冽空氣，閃著水光的微濕街道。

某個週五傍晚，他選了一條有點遠的路線回家，途中會穿過舊學院區的花園。走著走著發現他班上有個學生走在前面。她叫梅蘭妮．艾塞克斯，修的是他「浪漫時期詩人」那堂課。表現不算最優秀，卻也不是最差的——聰明有餘，用心不足。

她踏著閒晃的步伐，他很快便跟上。「哈囉。」他說。

她回以微笑，輕輕點頭招呼，笑意中調皮的成分遠多於羞怯。嬌小纖瘦的身材，一頭黑髮剪得極短，寬到像中國人的顴骨，一對烏溜溜的眸子。她平日穿搭總是十分搶眼。這天身上是紫紅迷你裙配芥末黃毛衣，腿上是黑色厚絲襪。腰帶上的廉價金色裝飾和耳環的金色珠子搭配得宜。

他對她是有那麼點迷戀。這也不是什麼了不起的事——他每學期難免都會對自己的一、兩個學生特別著迷。開普敦嘛——這個城市充滿了美，和美人。

她知道他看上自己了嗎？大概吧。女人對這種事向來敏感，這種渴望的視線投在自己身上的重量。

雨下個不停。路邊的排水溝流水潺潺。

「這是我最愛的季節，一天當中我最愛的時候。」他有感而發。「妳住這附近嗎？」

「過了界線那邊。我和人合租公寓。」

「妳家在開普敦？」

「不是。我老家在喬治*。」

---

*譯註：George，南非南部城市，為西開普省第二大城，位於開普敦以東約四百四十公里。

「我就住這附近。可以邀妳到我家喝一杯嗎？」

對方一時沒作聲，謹慎中有遲疑。「好啊。不過我七點半以前得到家。」

兩人穿過幾座花園，來到一處僻靜的住宅區——他過去十二年來都住在這裡，原本是和蘿莎琳一起，離婚後就剩他一人。

他打開防盜柵門的鎖，開了房子大門的鎖，帶她走進屋內，開了燈，幫她把書包放好。她髮上仍有點點雨珠。他凝望著，毫不掩飾自己為之沉醉。她垂下眼，露出與方才一樣飄忽的淺笑，或許甚至可說帶點挑逗的意味。

他到廚房開了瓶美蕾酒莊的葡萄酒，又拿了餅乾和起司在盤中擺好。走回客廳時，她正站在書櫃前，歪著頭看架上有些什麼書。他放起音樂——莫札特的單簧管五重奏。

美酒，音樂——這是男女彼此試探的互動儀式。儀式並無不妥，發明儀式原本就是為了緩解尷尬的時刻。只是他帶回家的女孩不僅比他小三十歲，還是個學生，他的學生，他門下的學生。無論現在他們之間發生什麼，之後仍必須以師生身分相見。他有這個心理準備嗎？

「妳喜歡這堂課嗎？」他問。

「我喜歡布萊克。也喜歡那個『號角』什麼的。」

「是『魔號』。」

「我就沒那麼喜歡華茲華斯。」

「妳怎麼當著我的面這麼說呢。華茲華斯可是我心目中的大師。」

這是真的。大半輩子以來，《序曲》的和聲始終引發他心中深深的共鳴。

「也許等學期快結束的時候，我會更欣賞他吧。也許慢慢就會覺得他比較順眼了。」

「大概吧。不過照我的經驗，詩要不是第一眼有共鳴，就是沒感覺。瞬間領悟，瞬間感應。就像閃電。就像墜入情網。」

就像墜入情網。現在的年輕人還會「墜入情網」嗎？還是說，這一套如今早成了骨董，就像蒸汽火車頭，只是不必要的老派優雅？他已經脫節了，過時了。在他看來，「墜入情網」有可能早就過時又流行好幾輪了。

「妳自己會寫詩嗎？」他問。

「中學的時候有，寫得不怎麼樣。現在是沒時間寫。」

「那熱情呢？妳對文學有熱情嗎？」

這詞用得有點怪，她皺了下眉頭。「大二的時候我們上過艾德麗安·瑞奇和童妮·

摩里森。還有愛麗絲・沃克。我那時還滿認真的，不過我不會說是『熱情』啦。」

好，她不是熱情的人。她是用最迂迴的方式警告他別靠近嗎？

「我打算隨便弄點晚飯。」他說。「跟我一起吃好嗎？很簡單就是了。」

她露出狐疑的表情。

「好啦！」他慫恿著：「說『好』！」

「好吧。不過我得先打個電話。」

這通電話講得比他想得還久。他在廚房聽見低語，也有沉默。

「妳想往哪一行發展？」她講完電話後，他問。

「劇場製作和設計。我在修劇場的文憑學程。」

「那妳怎麼會來修浪漫時期的詩？」

她沉思著，鼻子一皺。「我會選這門課，主要是因為氣氛吧。」她答道。「我不想再修一次莎士比亞。去年修過了。」

他隨便弄的晚餐確實很簡單——鯷魚鳥巢麵配蘑菇醬。他把切蘑菇的任務交給她。她除了切蘑菇，就只是坐在高腳凳上看他下廚。兩人把麵端到飯廳吃，又開了一瓶葡萄酒。她吃得毫無顧忌。以個子這麼嬌小的人而言，她胃口可真好。

「你都自己煮嗎？」她問。

「我一個人住，我不煮就沒人煮啦。」

「我不喜歡做飯，但我覺得好像應該要學一下。」

「幹麼學？妳要是真那麼討厭做飯，嫁個會做飯的男人就行啦。」

兩人一同想像那個畫面：一身大膽穿著、戴著俗豔首飾的少婦大步進了家門，不耐煩地掀掀鼻子；至於做丈夫的，那個無趣的好好先生繫著圍裙，在熱氣蒸騰的廚房忙著攪動鍋中的東西。好個大反轉——就是布爾喬亞喜劇那一套。

「晚餐只有這樣噢。」待碗盤裡的東西都清空了，他開口：「沒甜點，除非妳想來顆蘋果，或吃點優格也行。不好意思噢——我沒想到會有客人。」

「不會，這樣很好。」她回道，喝光杯中的酒，站起身來。「謝謝。」

「先別走。」他拉起她的手，帶她到客廳的沙發坐下。「我有東西給妳看。妳喜歡舞蹈嗎？不是跳舞喔，是『舞蹈』。」他邊說邊把一卷錄影帶放進錄放影機。「是一個叫諾曼．麥克萊倫的人導的，很老的片子。我在圖書館發現的。看妳覺得怎麼樣。」

兩人並肩坐著一起看。兩名舞者在空蕩蕩的舞台上隨步挪移。片子因為是用頻閃攝影機拍的，舞者的影像，或說移動後殘餘的影像，逐一在他們背後開展，宛如振翅。他頭一次看這部片子是二十五年前的事，但至今依然看得入迷——當下的瞬間和那個瞬間的過去，倏忽即逝，卻被捕捉，在同一空間中重現。

他暗自希望讓這女孩也能看得入迷。但他可以察覺她並無同感。片子演完，她起身在屋裡閒晃，打開鋼琴蓋，按下中央C的鍵。「你彈鋼琴嗎？」她問。

「偶爾。」

「古典樂？還是爵士樂？」

「不好意思。我不碰爵士樂。」

「彈點什麼給我聽好嗎？」

「今天不彈。我很久沒練了。下次吧，等我們熟一點再說。」

她朝他的書房望去。「我可以看一下嗎？」她問。

「把裡面的燈打開。」

他又去放音樂。這次是史卡拉第的奏鳴曲，那首貓的賦格曲。

「你有好多拜倫的書喔。」她邊走出書房邊說。「他是你最喜歡的詩人嗎？」

「我正在寫跟拜倫有關的東西，關於他在義大利的那段時間。」

「他不是很早就死了嗎？」

「三十六歲。這些人都是年紀輕輕就死了，要不就是江郎才盡，或是瘋了被關起來。不過拜倫並沒有死在義大利，他是在希臘去世的。他是為了一樁醜聞才會逃到義大利，然後就住了下來，還鬧了樁轟轟烈烈的緋聞，也是他這輩子最後一次了。那時候英國人很喜歡去義大利。他們認為義大利人仍舊很了解自己的本性，懂得順性而為，比較不受禮俗拘束，感情也更熱烈。」

她又在屋裡晃了一圈。「這是你太太嗎？」她晃到咖啡桌前停步，望著桌上相框中的照片，問他。

「是我母親。她年輕的時候拍的。」

「你結婚了嗎？」

「結過。兩次。但我現在是一個人。」他沒說的是：現在只要有人上門我都好。他沒說的是：現在我連用嫖的都好。「喝點利口酒怎麼樣？」

她沒要利口酒，但同意在咖啡裡加一點威士忌。他趁她舉杯啜飲，湊過去輕觸她的臉頰。「妳好漂亮。」他說。「我想邀請妳做一件很任性的事。」說著又碰了碰她。

「留下來。和我過夜吧。」

她抬眼，隔著咖啡杯緣定定望著他。「為什麼？」
「因為妳應該。」
「為什麼應該？」
「為什麼？因為女人的美不屬於她一個人。美是女人帶給世界的贈禮之一。她有義務分享出來。」
他的手依然貼在她頰上。她沒挪開身子，卻也沒順著他。
「如果我已經分享了呢？」她的聲音帶著一絲透不過氣的急切。有人對自己求愛，總是興奮的——興奮，又愜意。
「那妳就應該分享給更多人。」
真是甜言蜜語，一如誘人上床，都是自古就有的招數。然而他在這一刻真心相信自己說的話。她不擁有自己。美不擁有自己。
「吾人欲至美生靈繁衍不息。」他吟起詩來。「豔麗玫瑰永不凋零。*」
失策啊失策。她笑容中的那抹俏皮靈動不見了。那五步格的韻律原本是為了讓蛇的

---

* 譯註：出自莎士比亞十四行詩的第一首。

話語更動聽，此刻卻只拉遠了他們的距離。他又變成老師、學究、歷史文物的守護人。她放下杯子。「我得走了。還有人等我回去。」

屋外雲已散去，繁星閃爍。「夜色真美。」他說，打開院子的柵門。她沒仰頭。

「我陪妳走回家吧？」

「不用。」

「那好。晚安。」他伸手擁她入懷。有那麼一會兒，他可以感到她小小的乳房抵著他。她隨後掙脫他的懷抱，走了。

第三章

他應該在這裡就收手，卻沒有。週日上午他開車到空蕩蕩的校園，自己開門進了系辦公室，從檔案櫃找出梅蘭妮．艾塞克斯的學籍資料卡，抄下她的個人資料：住家地址、開普敦住處的地址、電話號碼。

他打電話過去。來接的是一個女聲。

「梅蘭妮嗎？」他問。

「我去叫她。哪裡找？」

「跟她說是大衛．盧里。」

梅蘭妮（Melanie）──他想到了「樂音」（melody），好俗的押韻。這名字不適合她。把重音的音節往後挪，改成美「拉」妮（Meláni）吧──希臘文的「黑」，那個黑的。

「喂？」

他光從這個字就聽出她惶惑無比。她太年輕，不會懂得怎麼應付他。他應該放了她，卻身不由己。「豔麗玫瑰」——那首詩如箭逕直射出。她不擁有自己。或許他也不擁有自己。

「我想說妳會不會有興趣一起吃個午飯。」他說。「我來接妳，嗯，那就十二點好了。」

她還是有時間編個藉口脫身的，只是實在心亂如麻，那個拒絕的時機就這麼溜走了。

他開到她住處，她已經在那棟公寓大廈外的人行道等他。黑色上衣，黑色厚絲襪。窄臀沒什麼肉，像十二歲小女生。

他帶她去豪特灣的港邊。路上他想盡辦法讓她放輕鬆些，就問她還上了哪些課。她說自己要演某齣舞台劇，是戲劇學程的畢業條件。排戲占去她不少時間。

她人在餐廳卻沒胃口，只是悶悶不樂望向大海。

「怎麼了？有心事？願意跟我說嗎？」

她搖頭。

「妳是擔心我們兩個的事嗎？」

「大概吧。」她回道。

「不用擔心。我會處理好的。我不會讓它太超過。」

太超過。這種事的「超過」是指什麼？「太超過」又是什麼？她太超過，和他太超過，是同一回事嗎？

屋外下起雨來。一波波大雨掃過空蕩蕩的海灣。「我們走吧？」他提議。

他就帶她回自己家了。在客廳地板上，在敲窗雨聲中，他對她做愛。她的身體簡單明瞭，自有完美之處。儘管她過程中從頭到尾都處於被動，他倒是從中得到相當的歡快，歡快到因高潮不省人事。

待他回過神來，雨已歇。女孩躺在他下面，閉著眼，雙手懶懶高舉過頭，微蹙著眉。他自己的手則在女孩的粗針毛衣下，擱在她雙乳上。黑色厚絲襪與內褲在地上糾纏成團；他的長褲則褪到腳踝。暴風雨後，他心想：這簡直是喬治．葛羅茲畫中的場景啊。

她別過臉，掙脫他的重壓，起身一一撿拾自己的東西，走出客廳。不到幾分鐘又穿好衣服回來。「我得回去了。」她輕聲道。他毫無挽留之意。

他隔天早晨醒來，感到無比幸福，揮之不去。梅蘭妮沒來上課。他在辦公室打電話到花店訂花。送玫瑰如何？也許還是別送玫瑰吧。於是他訂了康乃馨。「紅的還是白的？」花店的女店員問。紅的？白的？「那就送十二朵粉紅的吧。」他說。「我現場沒有十二朵粉紅的，我幫你混搭好嗎？」「那就混搭吧。」他說。

星期二下了整天的雨。西邊吹來的厚厚烏雲籠罩整個市區。傍晚下了班，他正要出傳播系系館大廳，在門口一群等雨轉小的學生之中發現了她。他走到她背後，伸手搭上她的肩。「在這裡等我。」他說。「我開車送妳回家。」

他回來時帶了把傘。兩人穿過校園中的廣場，走到停車場的路上，他把她拉近了些，為她遮雨。倏地一陣狂風，把雨傘吹得翻了過來。兩人只得狼狽奔向他的車。

她穿了件亮黃色的雨衣，進了車裡才掀起雨帽，臉龐染上紅霞。他注意到她不斷起伏的胸脯，見她舔去上唇的一滴雨珠。她還是個孩子！他暗想：她不過是個孩子啊！我到底在幹麼？然而他的心卻隨欲念擺盪。

他們在向晚的重重車陣中穿梭。「我昨天沒看到妳。」他說。「妳還好嗎？」

她沒回答，只盯著雨刷。

趁著等紅燈，他拉過她冰涼的手，握在自己掌心。「梅蘭妮！」他喚道，刻意放輕語氣，問題是他早已忘了求愛之道。以他此刻聽見的聲音，是出自對孩子連哄帶勸的家長，不是情人。

他把車停在她那棟公寓大廈前。「謝謝。」她邊說邊打開車門。

「妳不請我進去坐嗎？」

「我想我室友應該在家。」

「那今天晚上呢？」

「我今天晚上要排戲。」

「那我什麼時候可以再見到妳？」

她沒回答。「謝謝。」她又說了一次，安靜迅速地下了車。

＊＊＊

星期三她來上課了，坐在慣常的位子。他們上的仍是華茲華斯《序曲》的第六卷，描寫這位詩人在阿爾卑斯山間徒步旅行的經過。

「從光禿禿的山脊……」他大聲朗誦：

我們首次看到
白朗峰之巔終於顯露，也心傷於
眼中這毫無靈魂的畫面
已逐漸侵奪一個生動鮮活的意念
再難復返

「好。這座宏偉的白色的山，白朗峰，等終於看到的時候卻令人失望。為什麼？我們先來看這裡有個很不尋常的動詞形式，就是『侵奪』（usurp upon）。有人查過字典看這是什麼意思嗎？」

一片沉默。

「你先查過字典的話，就會知道『侵奪』指的是逐漸侵入，或漸漸侵占的意思。『奪取』（usurp）是整個奪過來的意思，也就是『侵奪』的完成式。『奪取』就是完成『侵奪』的動作。

「華茲華斯說，雲層散去，露出山峰，我們看了卻覺得悲傷。到阿爾卑斯山的遊客會有這種反應很怪，對吧。為什麼覺得悲傷？他說，因為那是沒有靈魂的畫面，只不過是我們視網膜上的影像，它逐漸侵占了一個原本生動鮮活的意念。那個生動的意念是什麼？」

又是滿室沉默。他對著空氣說話，但連空氣都好似沒晒乾的床單，無精打采垂在半空。這群學生滿腹牢騷：不就是一個男人看著山嗎，幹麼搞得那麼複雜？但他又能給學生什麼答案？他與梅蘭妮初次獨處的那一晚，他是怎麼說的？沒有瞬間領悟，就沒有感應。這間教室裡，找得到那瞬間的領悟嗎？

他很快瞄了她一眼。她只低頭專心看著那些字，或只是裝作專心的樣子。

「『奪取』這個詞在幾行以後又出現了。華茲華斯在這首描寫阿爾卑斯山的長詩中，有很多深層的主題，奪取是其中一個。他想說的是，偉大心智的典型、純粹的想法，都在不知不覺間被感官感知的影像奪走、取而代之。

「然而我們不能只在純粹想法的世界中過日子，和感官的體驗完全隔絕。問題不在於我們能不能保持想像的純粹，不受現實世界的侵擾。問題必須在於：我們能找到讓這兩者共存的方式嗎？

「我們來看第五百九十九行。華茲華斯寫的是感官感知的限制。這個主題我們之前大概提過一下。負責感知的器官達到能力的極限，它們的光就會逐漸熄滅。然而就在完全停擺的那一刻，那光會閃現最後一次，就像燭火，讓我們稍稍見到那看不見的世界。這一段不好懂，或許甚至和前面看到白朗峰的那一刻互相矛盾。然而華茲華斯的感受似乎傾向一種平衡——不是裹在雲裡霧裡的純粹的想法，也不是直接烙在視網膜上的視覺影像，清楚到沒有半點想像空間，令人失望。他在這兩者之中找到的平衡，是感官感受到的影像，只能保有非常短暫的時間，用來擾動，或啟動埋在更深層記憶中的意念。」

他講到這裡停了下來。台下一片茫然不解的神情。他扯太遠、跳太快了。要怎麼讓他們願意聽他講課？要怎麼讓她注意到他？

「就像戀愛。」他說。「假如你是瞎子，可能原本就不太容易墜入情網。但此時此刻，你真的會希望用視覺器官，把自己心愛的人看得一清二楚嗎？在你眼前隔層紗，或許才是對你最好的選擇，這樣才能讓她一直以女神般的形式活在原型中。」

這已經和華茲華斯的詩沒什麼關係了，但至少讓台下的學生醒了過來。原型？學生們喃喃自問。女神？他在說什麼呀？這老頭哪懂得什麼叫愛？

記憶中的畫面倏地湧現：那一刻，地板上，他使勁把她的毛衣往上拉，露出她潔淨無瑕的嬌小乳房。那是她頭一次抬眼，與他四目相接，在那瞬間看透了一切。她陷入迷惘，垂下眼去。

「華茲華斯寫的是阿爾卑斯山。」他接著說。「我們國家沒有阿爾卑斯山，卻有全國最高的龍山山脈*，或者沒那麼高的桌山**。我們追隨這些詩人的腳步登高望遠，希望感受到我們聽過的那種豁然開朗、『華茲華斯式』的時刻。」他努力把話再轉回來，好掩飾方才離題的尷尬。「不過我們心裡對這些偉大的原型，都有自己的想像，我們也要把部分的注意力放在自己的想像上，否則前面所說的那種時刻，是不會降臨的。」

夠了！他受夠了自己的聲音，也替她覺得難過——他想展現親密，又得遮遮掩掩，她只能坐著聽。他宣布下課，卻沒急著走，希望能和她說說話。然而她卻趁著人多，悄悄溜走了。

一週前，她只不過是課堂上另一張漂亮的臉蛋。如今，她卻成了他生活中的一種存在，有呼吸有生命的存在。

---

* 譯註：Drakensberg，南非荷語「龍山」之意。該山脈從南非東北方向西南延伸，最高峰達海拔三四八二公尺。

** 譯註：Table Mountain，位於南非開普敦的知名地標，因山頂平坦而得名，最高點為海拔一〇八六公尺。

* * *

學生活動中心的禮堂內一片黑。他趁沒人注意，悄悄坐進後排。他前面幾排坐了個穿著校工制服的男人，頭已經快禿了。除此之外，他是唯一的觀眾。

台上這些人在排演的舞台劇叫做《日落地球沙龍》。這齣喜劇的背景設定在廢止種族隔離制度後的新南非，地點是約翰尼斯堡希爾伯洛區的某間美髮沙龍。舞台上演美髮師的是個穿著花稍、舉止招搖的同性戀男子，正在招呼一黑一白兩個客人。三人你一言我一語講個不停，玩笑與髒話齊飛。戲劇的淨化作用似乎成了最高指導原則——舊時代所有刻薄粗俗的偏見都攤在陽光下，再讓一波波的笑聲沖走。

第四個角色上台了，是個穿厚底鞋的女孩，披了一頭長卷髮。「親愛的，自己找位子坐，我等一下就過去噢。」美髮師招呼道。「我是來應徵的。」女孩回說：「你有登徵人廣告。」女孩的口音一聽就知道是開普荷蘭語*，正是梅蘭妮。「啊呵**，那妳趕快

* 譯註：Kaaps。南非約在一五〇〇年代殖民時期發展出的語言，以利非洲原住民族及歐、亞洲外來民族溝通。現說此語的多為開普敦市區外圍的有色人種與勞動階級。

** 譯註：Ag。南非荷語俚語，可表急躁、感嘆、感傷、愉悅等狀態，類似中文的「哎」。

去拿掃把，幫點忙吧。」美髮師說。

女孩拿起掃帚，一邊跌跌撞撞繞著台上搭的景走，一邊推著掃帚掃地。掃著掃著，掃帚和地上的電線纏在一起。原本的設計是出現閃光，接著一陣驚叫，大夥兒紛紛逃竄，但這一連串動作的時間點卻沒搭配好。導演大步上台，她後方有個穿著黑色皮衣的青年則去處理牆上的插座。「這裡應該要更活潑一點。」導演向大家喊道：「要更有馬克斯兄弟*那種氣氛。」再轉向梅蘭妮：「好嗎？」梅蘭妮點點頭。

坐他前排的那個校工起身，重重嘆了口氣走出禮堂。他也該離開了。這樣坐在暗處偷看一個女孩子，實在不成體統（「色狼」一詞不禁浮現他腦海）。然而老男人（也就是他似乎就快變成的那種人），乞丐、遊民，披著汙跡斑斑的雨衣，假牙裂了縫，耳毛也不剪——他們都曾是上帝之子，體格挺拔，雙眼清亮。如今這個歲數，遇見如此美好的感官盛宴，當然死賴著不肯走，你能怪他們嗎？

舞台上再次開始排練。梅蘭妮推著掃帚掃地。接著一聲巨響，閃光出現，警鈴大

* 譯註：Marx Brothers，一九二〇年代起活躍於舞台劇、廣播、影視界的美國喜劇演員五兄弟檔，以特殊的表演風格樹立經典，對現代大眾文化影響甚深。

作。「不是我弄的。」梅蘭妮高喊。「我的老天*啊，怎麼什麼都怪到我頭上？」他默默起身，跟著那個校工走進屋外的暗夜。

＊＊＊

隔天下午四點，他出現在她家門口。她打開門，身上是皺巴巴的T恤和單車短褲，腳上的拖鞋是漫畫中的囊鼠造型，看在他眼裡著實既蠢又俗。

他沒事先通知，門一開便直接朝她撲去。她大吃一驚，不及反應，沒有抗拒，四肢軟癱在他懷中，好似牽了線的木偶。他的話一字字重如棍棒，直搗她耳廓纖細的小渦。「不要，現在不要！」她邊掙扎邊喊。「我堂姊馬上就回來了！」

但什麼都攔不住他。他把她抱進臥室，掃去那雙可笑的拖鞋，吻她雙腳，為她喚起的感受暗自震驚。可能和她在舞台上那怪異的造型有關吧——那頭假髮、一扭一扭的臀、粗俗的話語。何等怪異的愛啊！卻是出自阿芙蘿黛蒂的顫動，那位從海浪泡沫中誕生的女神，無庸置疑。

* 譯註：My gats。南非荷語口語中以 gats 代替上帝（God）。

她沒抗拒。她做的只是把自己轉向另一邊：別開雙唇、別開視線，任由他把自己攤在床上，把衣服一件件脫下——她甚至主動抬起手臂、抬起腰，讓他好辦事。一陣寒意竄了上來，她微微打了冷顫。等身上一絲不掛，她隨即像隻挖洞的鼴鼠鑽進拼布床罩，背對他躺著。

不算強姦，不太到那個程度，但卻不如所想，和原本渴求的完全是兩回事。彷彿她早已決定放空，決定她整個過程中裡面是死的，就像兔子在狐狸咬下自己脖子之際的反應。這樣一來，對她所做的一切，或許就彷彿是在很遠很遠的地方發生。

「寶琳隨時都有可能回來。」完事後她說。「拜託。你非走不可。」

他照做了，但才走回自己的車，沮喪、消沉、索然無味的感受鋪天蓋地襲來。他頹然跌坐進駕駛座，連動也沒法動。

他做錯了，大錯特錯。就在那一刻，他很肯定，她，梅蘭妮，正努力清洗自己，洗去這錯誤，洗去他。他看見她放洗澡水、踏進浴缸、緊閉雙眼，好似夢遊。他也想滑進浴缸這樣洗淨自己。

有個身穿俐落套裝的粗腿女人走過，進了那棟公寓的出入口。這就是梅蘭妮的堂姊兼室友寶琳嗎？那個梅蘭妮生怕忤逆的人？他打起精神，開車離去。

＊＊＊

她隔天沒來上課。這天是期中考，缺席著實不妙。他課後在點名簿上填寫分數，在她的姓名處勾選了「出席」，寫上七十分，又在那一頁最底下用鉛筆寫了備註提醒自己：「暫定」。七十分，拿不定主意時會填的分數，不好不壞。

接下來一整週她都躲著他。他不時打電話過去，但從無回應。到了星期天半夜，他的門鈴響了。梅蘭妮穿得一身黑，戴了頂小小的黑色羊毛帽，一臉不安。他武裝起自己，準備迎接盛怒下的大呼小叫，場面想必不會好看。

結果難看的場面並沒出現。難堪的反而是梅蘭妮。「我今天晚上可以睡在這裡嗎？」她避開他的視線，問得很小聲。

「當然，當然。」他終於放下心上一塊大石，伸手環住她，讓她緊緊靠在自己身上，只覺她僵直而冰冷。「來吧，我泡茶給妳喝。」

「不要，不用了，我什麼都不要。我好累，只想躺下來。」

他到女兒以前的臥房幫她鋪好床，讓她睡下，親親她道晚安，就讓她自己休息了。

半小時後再回來看，她已經和衣沉沉睡去。於是他幫她脫了鞋，蓋好被。

隔天早晨七點，才傳出鳥鳴，他就敲她房門。她已醒了，卻仍躺著，被單拉到下巴，一臉憔悴。

「感覺怎麼樣？」他問。

她只把肩一聳。

「是不是有心事？想談談嗎？」

她沒作聲，只搖頭。

他在那張床上坐下，擁她入懷。她這才在他臂彎中放聲大哭，哭得好不傷心。儘管是這種場面，他還是感到欲念蠢蠢欲動。「好了，好了。」他輕喚，努力安撫她。「跟我說怎麼回事。」只差沒衝口而出：「跟爹地說怎麼回事。」

她收拾好情緒，想開口，鼻子卻塞住了。他幫她拿來面紙。「我可以在這裡待久一點嗎？」她問。

「待久一點？」他小心翼翼跟著說了一次。這時她已經不哭了，卻還是愁眉不展，陣陣冷顫從背脊直往上竄。「這樣好嗎？」他問。

這樣到底是好還是不好，她也沒說，只是往他身上靠得更緊了些，暖烘烘的臉貼著他的肚子。原本蓋住她的被單露出半邊。她身上只有背心和內褲。

她知道自己在幹什麼嗎？此時此刻？

他在學校的花園第一次出手時，只把這當作一段小小的豔遇——快進快出，簡單乾脆。如今她卻在他家裡，背後還拖了一串麻煩事。她到底在玩什麼遊戲？他肯定得小心點，然而他早在一開始就該小心的。

他在她身邊躺下。他最不樂見的就是梅蘭妮．艾塞克斯和他同在一個屋簷下。然而此刻這念頭卻如此醉人。她每晚都會在這裡；每晚他都可以像這樣鑽進她的被窩，鑽進她裡面。大家終究會發現的，畢竟紙包不住火。流言難免，也許甚至會鬧出醜聞。但那有什麼關係？理智的火焰熄滅前，總要綻放最後的光芒。他把被單毯子折起放到一邊，手往下探，撫摸她的雙乳，她的臀部。「妳當然可以待下來。」他呢喃著。「當然。」

他臥室裡的鬧鐘響了，隔著兩扇門也聽得見。她轉過身去，把被子拉過肩。

「我得走了。」他說。「我有課要上。妳再睡一會兒吧。我中午就回來，那時我們再談。」他輕撫她的髮絲，在她額頭上親了一下。是情婦？是女兒？她心裡想當他的什麼人呢？現在她主動奉上的是什麼呢？

他中午回家時，她已經醒了，坐在廚房桌前吃吐司配蜂蜜，喝茶，好像完全把這裡當自己家。

「嗯。」他望著她：「妳氣色好多了。」

「你出門以後我睡了一下。」

「妳現在願意跟我說是怎麼回事嗎？」

她別開視線。「現在不要。」她說。「我得走了，要遲到了。下次再跟你解釋。」

「那下次是什麼時候？」

「今天傍晚，等我排完戲。好嗎？」

「好。」

她起身，把茶杯和盤子拿到洗碗槽（卻沒洗），轉身面向他。「你確定這樣沒問題？」她問。

「嗯，沒問題。」

「我原本是想說，我知道我缺了很多堂課，但這齣戲占去我太多時間。」

「我懂。妳是說妳現在以戲劇那邊的課業為優先。妳要是早跟我說清楚就好了。我明天的課妳會到嗎？」

「會。我保證。」

她保證，這卻是無法強制對方履行的保證。他惱火起來。她所作所為如此不像話，卻一再躲過應受的懲罰；她學會了利用他，搞不好還會得寸進尺。但如果她一再躲過應受的懲罰，那他的情形比她還嚴重。倘若說她這麼做不像話，他自己的行徑更惡劣。以他們在一起的情況來看（如果他們這樣算是在一起），那也是他帶頭，她跟進。他可別忘了這點。

第四章

他在自己女兒房間的床上，又對她做了一次愛。感覺很好，和第一次一樣好。他逐漸熟悉她身體移動的方式。她反應快，急於體驗。如果說他沒從她身上察覺到充分的欲求，那只是因為她還年輕。回想起來，有一刻他特別記得。她單腿扣住他的臀，把他推向自己——她的大腿內側緊繃起來貼著他，他頓時感到狂喜與欲望一同湧上。誰知道呢，他想：儘管發生了這麼多事，他們之間或許會有將來也說不定。

「你常做這種事嗎？」事後她問。

「哪種事？」

「和你的學生睡。你睡過亞曼達嗎？」

他沒回答。亞曼達也是他班上的學生，瘦得輕飄飄的金髮女生。他對亞曼達沒興趣。

「你為什麼離婚？」她又問。

「我離過兩次婚。結兩次，離兩次。」

「你第一任太太怎麼了？」

「說來話長。以後有機會再跟妳說吧。」

「你有照片嗎？」

「我不收藏照片的。我也不收藏女人。」

「你這樣不算收藏我嗎？」

「沒有，當然不算。」

她起身繞著房間走，大大方方逐一撿起自己的衣服，彷彿這屋裡就她一個人。他看慣了女人更衣時扭捏的模樣，不過他看慣了的女人都沒這麼年輕，身材也沒這麼完美。

＊＊＊

當天下午，有人來敲他辦公室的門，進來的是個他沒見過的年輕人。他還沒開口，對方就逕自坐下，打量四周，邊看書櫃中的藏書邊點頭，表示肯定。

此人瘦瘦高高，留著稀疏的山羊鬍，耳環只戴一隻。身上是黑色皮夾克配黑皮褲。感覺比一般學生年紀大一些；感覺是個麻煩人物。

「原來你就是那個教授啊。」年輕人開了口。「大衛教授是吧。梅蘭妮跟我提過你。」

「是我沒錯。她跟你說了什麼？」

「說你上她。」

一陣長長的沉默。他心想：報應來了。我早該料到的——這種女生不會那麼簡單。

「你是哪位？」他問。

對方沒理會他的問題，自顧自說下去：「你自以為厲害是吧，覺得自己是什麼大情聖。要是你老婆知道你幹了什麼好事，你還囂張得起來嗎？」

「夠了。你想怎樣？」

「輪不到你來跟我說夠不夠。」年輕人如連珠炮加快了語速，惡狠狠道：「別以為你可以隨便玩弄別人的人生，愛來就來，愛走就走。」火光在他黑色雙眸中勃勃跳動。

他說著俯身向桌，雙手左右一掃，頓時桌上紙張齊飛。

他倏然起身。「夠了！請你出去！」

「請你出去！」這人模仿他的語氣又說了一遍。「ＯＫ。」他站起來，閒閒踱向門口。「再會啦，最『愛』學生的奇普斯教授*！等著瞧吧！」說完便走了。

好個流氓，他想。她居然和流氓搞在一起，現在連我也和她的流氓搞在一起！想到這裡，胃裡一攪。

他在辦公室待到夜深，等梅蘭妮出現，但她沒來。反倒是他停在街上的車被人整慘了。輪胎放了氣，車門的鑰匙孔灌了膠，擋風玻璃貼滿報紙，烤漆也刮花了。車門鎖這下非換不可，費用共計六百蘭特。

「知道是誰幹的嗎？」鎖匠問他。

「完全不知道。」他只回了這麼一句。

＊＊＊

＊譯註：原文「Goodbye, Professor Chips」，係借用英國作家詹姆斯・希爾頓（James Hilton）的知名小說《萬世師表》（*Goodbye, Mr. Chips*）。書中男主角奇平（Chipping）在中學任教，終身奉獻教育，備受學生愛戴。學生暱稱他為「奇普斯先生」（Mr. Chips）。

這次「突襲事件」後，梅蘭妮便一直保持距離。他也不意外——如果他為此於心有愧，她想必也有同感。不過到了週一，她又在課堂上出現，身邊還多了個人，雙手插在口袋裡往椅背一靠，一副目中無人、怡然自得的姿態。是那個一身黑的男生，她的男朋友。

學生在課堂上喧嘩是家常便飯，今天的教室卻安靜得很。他很難相信這些學生都知道發生了什麼事，不過他們顯然都等著看好戲，看他怎麼應付這個突然出現的人。

沒錯，他該怎麼辦？顯然他的車遭殃還不夠，之後肯定還會有不同的招數。他能怎麼辦？除了咬牙付錢了事，還能怎麼辦？

「我們繼續來看拜倫。」他說，專心看著自己的授課筆記。「我們上週講到，拜倫的惡名和醜聞，不僅影響到他的人生，也影響大眾對他的詩的觀感。拜倫在不知不覺間，竟然和自己創作的詩中人物合為一體——從哈洛德*到曼弗列德**、甚至唐璜***。」

* 譯註：拜倫一八一二年發表的詩作〈恰爾德．哈洛爾德遊記〉（Childe Harold's Pilgrimage）中的主角。
** 譯註：拜倫一八一七年的劇作〈曼弗列德〉（Manfred）中的主角。
*** 譯註：拜倫一八一八年起創作、去世前仍未完成的長篇詩體小說《唐璜》中的主角。

醜聞。講這個主題實在不巧，但他此刻沒心情臨時換別的講。

他偷瞄了梅蘭妮一眼。她通常都忙著寫筆記，此時卻在書本前縮成一團，那麼瘦削，那麼疲憊。他不由自主對她生出無比的憐惜。可憐的小鳥兒啊，我之前握在手心、貼在胸口的小鳥兒！他心想。

他之前要學生預習〈萊拉〉這首長詩，眼前的授課筆記也是關於〈萊拉〉。他是怎樣都躲不掉這首詩了，只好大聲朗誦起來：

他是格格不入的陌生人
佇立於這有呼吸的世界
背離正道的遊魂
從他界放逐至此
自身黑暗想像形成之物
選擇險路卻僥倖脫身

「誰來幫我解釋一下這幾句？誰是這個『背離正道的遊魂』？為什麼他要自稱為

『物』？他從哪個世界來？」

他早就不再因學生無知的程度而意外。這些學生是後基督教、後歷史、後文字社會的產物，搞不好昨天才從蛋裡孵出來呢。因此他不指望學生知道墮落天使的概念，或清楚拜倫可能從哪裡讀過關於墮落天使的描述。他期望的是學生在輕鬆愉快的氣氛下說說自己的答案，倘若真能如此，他就能引導他們朝正確的方向思考。然而今天他面對的是一片死寂，很明顯是因課堂上的這個陌生人而起。只要這個陌生人坐在台下聽講、評判、奚落，這群學生既不會開口，也不會照他的遊戲規則走。

「路西法。」他只好自己解答。「是被逐出天堂的天使。天使怎麼生活，我們所知不多，但我們可以假定天使不需要氧氣就能活。路西法是黑暗天使，他在自己家用不著呼吸。但突然間他莫名其妙被丟到我們這個奇怪的、『有呼吸的』世界。『背離正道』指的是：一個生命體選擇自己的道路，自願過著危險的生活，甚至給自己製造危險。我們再繼續看下去。」

那個男生連看都沒看書上的字，而是專心聽他講解，唇間泛著淺笑，笑意中像是，可能，有那麼些許困惑。

有時他可以
為大我捨棄私利
但不為憐憫，亦非應當
而係某怪異扭曲之狂想
令其甘為眾人少為或不為
並暗暗自豪
然此一衝動若逢誘惑
亦將引他鑄成大錯

「好，那這個路西法是什麼樣的生物？」

台下的學生這時肯定都能感到他和那男生之間洶湧的暗潮。這問題純粹是衝著那男生問的。那男生像是忽地從睡夢中被喚醒，答道：「他想幹麼就幹麼，不管好事壞事，就是去做。」

「答對了。不管好事壞事，他就是去做。他的行動不照原則，只憑衝動。至於這衝動的源頭，對他而言是未知的謎。我們再往下看幾行：『他瘋的不是頭腦，而是心。』

瘋狂的心。這是什麼意思？」

他問得太過頭了。他看得出那男生想繼續憑直覺回答，想展現自己不是只懂得摩托車和穿得帥而已。或許他真的沒那麼膚淺；或許他真的稍稍懂得有顆瘋狂的心是什麼意思。不過，在此地，在這間教室，這麼多陌生人面前，他詞窮了。搖搖頭。

「沒關係。這裡要注意的是，作者並沒有要我們譴責這個有瘋狂之心的生命體，這個原本就有問題的生命體。恰恰相反。他希望我們去了解、去同情，不過同情是有限度的。原因是，他雖然在我們之中存活，卻不是我們的一員。他就如他自稱的，是『物』，也就是怪物。最後，拜倫說，我們不可能用更深刻的、人類定義的那種『愛』去愛他。他要受的懲罰就是徹頭徹尾的孤獨。」

學生們紛紛低頭寫下他剛剛說的話。拜倫、路西法、該隱，反正對他們來說都沒差。

這首詩講完了。他要學生回去讀《唐璜》的前面幾章，就提前下課了。學生們紛紛起身離去，他朝後排喊：「梅蘭妮，可以和妳談一下嗎？」

梅蘭妮站在他眼前，皺著一張臉，無精打采。他再次對她生出深深的憐惜。倘若屋裡只有他們兩人，他應該會擁她入懷，想辦法逗她開心。我的小鴿子，他會這麼叫她。

「我們去我辦公室吧？」但他說出口的是這一句。

他走在最前面，帶梅蘭妮走向樓上的辦公室，她的男友尾隨在後。「你在這裡等。」他對那男生說完，當著他的面關上辦公室的門。

梅蘭妮在他對面坐下，頭垂得低低的。「我親愛的。」他開口。「妳這陣子過得很不順，我知道，我也不想為難妳。不過我得以老師的身分跟妳談談。我對我的學生有責任，所有的學生都一樣。妳朋友要在學校外面幹麼，那是他自己的事。但我不能讓他打亂我上課。跟他說這是我說的。

「至於妳呢，妳得多花點時間在課業上。妳要比以前更常來上課，而且期中考妳沒來，還得補考。」

她回望他，滿臉困惑，甚至用震驚形容也不為過。是你害我徹底孤立，那表情好似這麼說。是你害我得幫你守密。我再也不僅僅是個學生了。你怎麼可以用這種語氣跟我講話？

但待她真的開口，聲音卻微弱到他幾乎聽不見：「我不能考。我都沒看書。」

他真的想說的卻說不出口，也想不出得體的說法。他只能用暗示的，但願她能了解。「只要來考就好，梅蘭妮，大家都考了。妳沒準備也沒關係，重點是把它考完就過去了。我們排個時間吧。下週一午餐時間好不好？這樣妳還可以用週末複習。」

她揚起下巴，直視他雙眼，滿臉不服與輕蔑。若不是她不明白他的用意，就是拒絕他給的這個機會。

「下週一，在我辦公室。」他又說了一遍。

她起身，把書包甩到肩上。

「梅蘭妮，我有該盡的責任。至少裝個樣子，把該做的做了吧。事情已經夠複雜了，別弄得更複雜。」

責任。講這什麼話，她根本不屑回應。

＊＊＊

那晚他聽完音樂會開車回家，正在等紅綠燈，有輛摩托車呼嘯而過。銀色的杜卡迪重機，載了兩個黑色身影，雖然都戴了安全帽，但他認得這兩人。梅蘭妮在後座，雙膝大張，弓起腰臀。色欲頓時如電流竄遍他全身。*那裡我進去過！*他暗想。那重機隨即加足馬力向前飛馳，把她載走了。

第五章

她週一沒來考試，但他倒是在信箱發現一張正式的退選卡，寫著：學號771010 ISAM，梅蘭妮．艾塞克斯小姐已退選課程代號「傳播312」，即刻生效。

退選卡出現才一小時左右，就有通電話接到他辦公室。「盧里教授嗎？你現在方便講話嗎？我姓艾塞克斯，從喬治打來。我女兒在你班上，你知道，叫梅蘭妮。」

「是。」

「教授，我在想你能不能幫我們一個忙。梅蘭妮一直是認真的好學生，現在卻說她要放棄學業。我們真的嚇到了。」

「我不太懂你的意思。」

「她說不讀了，要去找工作。都已經讀到大三了，表現也很不錯，結果還沒畢業就輟學，那之前的努力不都白費了嗎？我就想說能不能問問教授你，看你可不可以和她談談，勸勸她別做傻事？」

「你自己跟梅蘭妮談過嗎？你知道她這個決定背後的原因嗎？」

「我們整個週末都和她通電話，我和她媽，但她還是沒給我們合理的解釋。她現在要演舞台劇，真的非常投入，所以搞不好，怎麼說呢，大概是太累了，壓力太大了。這孩子做事向來認真，情緒很容易受影響，教授，她就是這個性，做什麼都很投入。不過要是你和她談談，也許能說動她再考慮考慮。她很尊敬你的。我們真的不希望她白白放棄這些年的努力。」

原來，那個穿戴平價購物中心買來的俗豔首飾、不怎麼欣賞華茲華斯的梅蘭妮（或者他自己取的「美拉妮」），個性太認真，很容易受影響。他之前怎麼會想得到？關於她，他想不到的還有什麼？

「我在想，艾塞克斯先生，要和梅蘭妮談，我可能不是最適合的人選。」

「你就是，教授，你最適合！我剛才說了，梅蘭妮很尊敬你。」

尊敬？你顯然沒跟上進度，艾塞克斯先生。你的女兒早在幾週前就失去了對我的敬重，而且有充分的理由。他本該這麼說，開口卻是：「我量力而為。」

你逃不掉的，他放下電話後對自己說。遠在喬治的艾塞克斯先生同樣不會忘記今天這通電話，和對話中的欺瞞與推託之詞。我量力而為。幹麼不全招了呢？我才是那個罪魁禍首，他早該這麼說的。你這麼苦惱全是因我而起，我怎麼幫得了你？

他打到梅蘭妮的住處，是那個堂姊寶琳接的電話。梅蘭妮沒法來聽電話，寶琳以冷冷的語氣說。「沒法來聽電話是什麼意思？」「意思就是她不想跟你講話。」他只好回道：「跟她說，我是要講她休學的事。跟她說這樣做太衝動了。」

週三的課很不順，週五的課更糟糕。出席率很差，來的學生都是原本就很乖的，被動又聽話的那種。看來只有一種可能——事情想必是傳開了。

他在系辦公室，背後突然傳來一聲：「請問要到哪裡找盧里教授？」

「我就是。」他想都不想便答。

發問的那男人個子不高，很瘦，駝著背。

他穿的藍色西裝顯然太大，身上一股菸味。

「盧里教授嗎？我們上回通過電話。我姓艾塞克斯。」

「是。你好。去我辦公室好嗎？」

「沒這個必要。」男人打住話，收拾好情緒，做了個深呼吸。「教授。」他這兩字刻意加重了語氣。「你或許受很好的教育，學歷很高之類的，但你的所作所為是不對的。」講到這裡停了一下，搖搖頭。「就是不對。」

系辦的兩個祕書毫不掩飾自己的好奇，在場的學生們也露出等著下文的神色。然而這陌生人嗓門一拉高，他們全都安靜了。

「我們把孩子託付給你們這些人，是因為我們信得過你。要是我們連這所大學都信不過，還信得了誰？結果萬萬想不到，我們讓女兒來念書，卻是把羊送進虎口。不，盧里教授，你也許很了不起，有一堆學位什麼的，但假如我是你，我會慚愧得抬不起頭！上帝見證，我說的句句實言！萬一是我誤會了冤枉你，你現在有機會澄清，但我相信我沒弄錯，從你的表情就看得出來。」

現在確實是他的機會——有話想說的人，就應當說。然而他只呆站著，什麼也說不出，洶湧的血流重重搥著耳鼓。他是吃羊的惡虎——他有什麼資格否認？

「對不起。」他低聲說：「我還有事要忙。」隨即木然轉身離去。

他走進人來人往的長廊，艾塞克斯先生緊跟在後。「教授！盧里教授！」他高喊。「你別想一走了之！我話還沒講完，我還有話要說！」

＊＊＊

事情就是這樣開始的。隔天早晨，主管學生事務的副校長辦公室發了一紙公文，以驚人的效率火速送到他手上，通知他已有人根據該校《行為守則》第三條第一項正式投訴他，請他盡快與副校長辦公室聯絡。

裝著這份通知的信封標示著「密件」，裡面附了一份該守則條文的副本。第三條講的是基於人種、種族、宗教、性別、性傾向或身障等因素的加害或騷擾。第三條第一項則是關於教師對學生的加害或騷擾。

信封內還有一份文件，說明調查委員會如何組成、權限為何等等。他一路看下去，心臟不斷狂跳，很不舒服。看到一半，他的注意力便開始渙散。他起身鎖上辦公室的門，又回到座位，一直拿著這份文件，想像到底發生了什麼事。

只憑梅蘭妮自己，應該不會做到這種地步，他覺得肯定是這樣。她太單純，做不出這種事；她太無知，渾然不覺自己握有的權力。他，那個西裝不合身的矮冬瓜必然是背後主使。還有那個充當監護人、毫無姿色可言的堂姊寶琳。想必是這兩人聯手說動梅蘭妮，講到她無力招架，再帶她大搖大擺走進學校的行政部門。

「我們要提出申訴。」這兩人想必是這麼說的。

「申訴？關於什麼？」

「是私事。」

「性騷擾。」那個堂姊寶琳看梅蘭妮一臉窘迫站在旁邊，應該會在這時插話。「有教授騷擾她。」

「請去某某號室辦理。」

到了某某號室，艾塞克斯先生更無所顧忌了。「我們要投訴你們這裡的某個教授。」

「你們都想清楚了嗎？你們真的想這麼做嗎？」辦公室的人員應該會照程序這麼問。

「對，我們很清楚自己想幹麼。」艾塞克斯先生會這麼回道，邊說邊瞟了女兒一眼，看她有沒有那個膽子反駁。

申訴需要填表格。他們眼前放了表格和一支筆。有隻手拿起了筆，那隻他吻過的手，他再熟悉不過的手。首先是填申訴人姓名：「梅蘭妮．艾塞克斯」，一筆一畫用大寫字母小心寫下。接下來是一整欄的空格，那隻手遲疑著，不知該勾選哪一格。那個她父親伸出尼古丁熏黃的手指，指向某個空格。那隻手緩緩挪動到了那格，畫下一個X，畫下象徵正義的十字：我控訴。接著是填被申訴人姓名的空格。「大衛・盧里」，那隻手寫下：「教授」。最後，那一頁最底下是日期和她的簽名——草寫的花體字M；小寫的l向上揚起醒目的一圈；姓氏的大寫I像是往下劃出一道口子；收尾的s牽出娟秀的線條。

事情就這麼辦完了。一張紙上兩個名字，他的，和她的，並排躺著。兩人同床，再也不是情人，而是仇敵。

＊＊＊

他打去副校長辦公室，對方幫他排了下午五點的會，不在正常上班時間內。五點整，他在辦公室外的走廊上等。年輕幹練的副校長阿朗・哈錦出來帶他進去。辦公室內已經坐了兩個人，一是他那個系的系主任伊蓮・溫特；二是社會科學學院的法洛迪雅・拉素爾，也是全校反歧視委員會的主席。

「時間不早了，大衛，我們都知道今天為什麼開這個會。」哈錦先起頭。「我們就直接講重點吧。從哪裡開始比較好？」

「你可以先跟我說那樁申訴的事。」

「好。我們先來講梅蘭妮・艾塞克斯小姐提出的申訴，同時……」他瞄了伊蓮・溫特一眼。「同時艾塞克斯小姐好像原本就有些反常的情況。伊蓮？」

伊蓮・溫特隨即接話。她向來不喜歡他，總覺得他是除之而後快的前朝遺老。「艾塞克斯小姐的出席情況也有些問題，大衛。照她的說法——我們跟她通了電話。她說她上個月只到課兩次。如果她說的是實話，這種情況應該跟學校報告。她還說她沒考期中考。但是……」她瞄了一下手邊的檔案。「照你的紀錄，她可是全勤，期中考還拿了七十分。」她以半質疑半調侃的眼神瞅著他。「除非有兩個梅蘭妮・艾塞克斯……」

「就這一個。」他說。「我不會幫自己說話。」

哈津這時插話進來，語氣平和。「各位，此時此地不適合討論重大議題。我們現在該做的——」他瞄了另外兩人一眼。「是釐清接下來的程序。當然，大衛，不用我說你也知道，我們處理這件事的過程絕對保密，你可以放心。你的姓名會受保護，艾塞克斯小姐也一樣。我們會成立一個委員會，來判斷有沒有懲處的理由。萬一你或你的訴訟代理人對組成委員會的成員有意見，也有機會提出質疑。聽證會的全部過程都會錄影。同時，在委員會做出建議呈給校長、由校長採取行動之前，一切都跟以前一樣照常運作。艾塞克斯小姐已經正式退選你那堂課，我們希望你停止和她之間所有形式的聯繫。我有沒有漏掉什麼，法洛迪雅？伊蓮？」

法洛迪雅．拉素爾博士只是一語不發，搖搖頭。

「性騷擾這種事總是很複雜，大衛，不僅複雜，也令人遺憾，但我相信我們的處理程序非常公正公平，我們就一步步照著程序走吧。我自己的建議是，你先熟悉一下整個程序，或許也去做一下法律諮詢。」

他正要開口，哈錦卻舉起手制止他。「今天就先這樣吧，你再回去想一想，大衛。」哈錦說。

他忍無可忍。「用不著你教，我又不是三歲小孩。」

他盛怒之下拂袖而去，無奈大樓的大門鎖住了，門房又已經下班回家，後門也上鎖了。最後哈錦還得幫他開門。

外面下著雨。「我有傘，和我一起撐吧。」哈錦提議，把他送到車邊，又說：「就我個人的立場，大衛，我想跟你說，我了解你的心情。真的。這種事真的可以整死人。」

他和哈錦認識也好幾年了。從前他還打網球的時候，兩人曾經是球友。只是此刻他實在沒有重溫兄弟情的興致，惱怒之餘，把肩一聳，坐進車去。

這件事理應是機密，但紙包不住火，話自然傳了開來。否則要怎麼解釋，為何他一走進教職員交誼廳，屋內的陣陣笑語頓時靜了下來？為什麼向來與他相處融洽的那個年輕女老師，隨即放下茶杯就走，完全把他當空氣？他講法國詩人波特萊爾的第一堂課，怎麼只有兩個學生出席？

在他眼中這八卦流言有如石磨，日以繼夜轉個不停，把他的名聲一點一滴碾得粉碎。這些正義之士組成的社群不時聚會議論，或在牆角、或用電話、或關起門。彼此輕聲細語，談得興高采烈。德文稱這種幸災樂禍的態度叫「Shadenfreude」。這群人分明是對他先判後審。

在傳播系系館的長廊，他刻意走得抬頭挺胸。

他也和之前幫他辦離婚的律師談了。「我們先澄清一點。」律師說。「這些指控都是真的嗎？」

「算是吧。我和這個女孩是發生了關係。」

「認真的嗎？」

「有差嗎？過了一個歲數，這種關係都沒在開玩笑的，跟心臟病一樣。」

「嗯，那我的建議是，基於策略考量，你應該找個女律師。」說著便建議了兩個人選。「以私下和解為目標吧。跟他們做些保證，也許休假一陣子，看學校能不能說服那個女生或她家人撤銷對你的申訴。這大概是對你最有利的結果。你就承認自己犯了錯，願意接受處分。把損害壓到最低，過一陣子，等事情自然過去。」

「我要做什麼樣的保證？」

「上敏感度訓練課程啦、社區服務啦、接受心理諮商啦。看你怎麼談嘍。」

「心理諮商？我需要心理諮商？」

「別誤會我的意思。我只是說，他們給你的選項之中可能會有心理諮商。」

「為了矯正我？治療我？治好我那些個不該有的欲望？」

律師只聳聳肩。「隨你怎麼說。」

這週正是學校的「強姦防治週」。「女性反強姦組織」（Women Against Rape，縮寫是WAR〔戰爭〕）宣布將舉行二十四小時的靜坐活動，與「最近遇襲的強姦受害人」站在一起。有張宣傳單塞進他辦公室門下，寫著「女性要發聲」。最底下用鉛筆寫了一行：「你玩完了，大情聖。」

他和前妻蘿莎琳約了共進晚餐。兩人分開已經八年，但學著慢慢放下戒心，重新當朋友，或類似朋友。畢竟兩人同樣身經百戰。離婚後蘿莎琳還是住在附近，令他放心不少，或許她對這種安排也有同感吧。這樣萬一出事了（好比在浴室跌倒、發現自己血便等等），還有個人可以依靠。

兩人聊到露西，他第一次婚姻唯一的孩子，目前住在東開普省某個農場。「我大概不久之後會去看看她。」他說——「我考慮出門一趟。」

「學期中嗎？」

「學期快結束了。再撐兩個禮拜就好了。」

「這和你碰上的麻煩有關嗎？我聽說你最近有些麻煩。」

「妳從哪兒聽來的？」

「人都愛八卦呀，大衛。你最近這樁緋聞簡直無人不知，大家講得多香豔刺激呀，繪聲繪影的。不講只便宜了你一個人，哪有不講的道理。還需要我跟你說搞成這樣有多愚蠢嗎？」

「不，不用了。」

「我還是非講不可。不但愚蠢，還很難看。我不知道你的性生活是怎麼回事，我也不想知道，但不能用這種方式解決。你都幾歲了——五十二？你覺得一個小女生和這把年紀的男人上床，會有什麼樂趣可言？你認為她看你那……的時候，感覺會愉快嗎？你想過這點沒有？」

他不語。

「別指望我會同情你，大衛，也別指望誰同情你。現在這年頭，早就沒有同情、沒有憐憫可言。不管是誰都不會支持你，何必呢？真的，你怎麼幹得出這種事？」

以前的那種語氣又回來了。他們婚姻生活的最後幾年就是這樣——一言不合就開戰互罵。連蘿莎琳一定也感覺到了。然而她講的或許有些道理。或許年輕人原本就有不必看長輩享受魚水之歡的權利。說到底，妓女的用處不就在這兒嗎？她們得容忍一群討厭的傢伙在自己身上欲仙欲死。

「不說了。」蘿莎琳換了個話題：「你說想去看看露西。」

「對。我想說等開完調查會，就開車上去，在她那邊待幾天。」

「調查會？」

「下週調查委員會要開會。」

「動作還真快。那，你從露西那邊回來之後呢？」
「不知道。我不確定他們還會不會讓我回學校。我也不確定想不想回去。」
蘿莎琳直搖頭。「這樣結束你的學術生涯，實在太丟人了，你不覺得嗎？你從那女生身上得到的，值不值得你付出這種代價，我就不問了。你接下來要怎麼打發時間？退休金又怎麼辦？」
「我會跟他們商量出個辦法。他們總不能一毛錢不給就把我踢走。」
「真的嗎？可別講得這麼有把握。她多大？——我說你那個『inamorata』（義文：情人）？」
「二十。這個年齡已經有主見了，她知道自己要什麼。」
「聽說她吃安眠藥，真的嗎？」
「我不知道什麼安眠藥。感覺像別人亂講的。誰跟妳說有安眠藥？」
她沒理會他的問題。「她愛上你了嗎？是你甩了她？」
「沒有。都不是。」
「那怎麼會告你這一狀？」
「誰曉得？她不會把自己的事跟我說。她應該受了某些人影響，自己也很為難，我不知道內情就是了。她有個男朋友醋勁很大，爸媽又氣成這樣，她一定是到最後受不了，屈服了。我實在想不到會變成這樣。」

「你早該想到的，大衛。都這把年紀了，還去招惹別人家的小孩？你早該想到最壞的結果。總之，搞成這樣真是太丟臉了。實在是。」

「妳倒是沒問我愛不愛她。妳不是應該也問一下嗎？」

「那好。你愛這個女生嗎？她可是害你名譽掃地。」

「不是她害的。別怪她。」

「別怪她！你到底站誰那邊？我不怪她怪誰！我怪你，也怪她。這整件事從頭到尾簡直就是可恥。既可恥，又下流。我這樣講絕對不冤枉你。」

話講到這地步，以前的他會在此刻拂袖而去，但今晚他沒有。他和蘿莎琳相處這麼多年，彼此之間早就磨出厚厚的繭。

隔天蘿莎琳打電話來。「大衛，你看了今天的《看守人日報》嗎？」

「沒。」

「嗯，那你要有心理準備。上面有篇報導寫到你。」

「寫什麼？」

「你自己看吧。」

那篇報導在第三版，標題是：「大學教授被控性犯罪」。他很快看了一下頭幾行：「……因被控性騷擾，預計將出席懲戒委員會。開普科大對於該校最近一連串醜聞始終三緘其口，諸如不法發放獎學金，並據傳於學生宿舍經營賣淫集團等。盧里（五十三歲）著有關於英國自然詩人威廉・華茲華斯的專書。本報截稿前未能聯絡到盧里本人對此發表評論。」

威廉・華茲華斯（一七七〇年生，一八五〇年卒），自然詩人。大衛・盧里（一九四五年—？），華茲華斯評論家，也是名譽掃地的華茲華斯門徒。這嬰兒多麼幸運。他不會遭到遺棄。這嬰兒多麼幸運。*

* 譯註：出自華茲華斯長詩《序曲》第二卷。

第六章

聽證會的地點在哈錦辦公室附近的會議室。調查委員會主席（也是宗教研究系的教授）馬納斯・馬塔班尼帶他坐到會議桌尾端。他左側是哈錦、哈錦的祕書和一個女生，大概是學生吧。右側坐的則是調查委員會的三名成員。

他非但不緊張，反倒自信滿滿。心跳十分平穩，前一晚也睡得很好。虛榮，他心想，賭徒那危險的虛榮；虛榮，自以為是。他展現的神態和這場會議的氣氛完全不搭調。但他無所謂。

他朝幾個委員會的成員點頭招呼。其中兩人是他認識的：法洛迪雅・拉素爾，和工學院院長戴斯蒙・司瓦茲。至於第三位，從面前擺的資料看來，應該是商學院的老師。

馬塔班尼先發話，為今日的程序開場。「盧里教授，今天在場的這個委員會並沒有決策權，只能提出建議。此外，你有權質疑委員會的組成方式。所以我先問你：在場是否有哪位委員讓你覺得有對你不公正的可能？」

「就法律角度而言，我沒什麼好質疑的。」他答道。「我倒是在哲學層面上有點保留，不過我想這應該超出今天討論的範圍。」

這番話引起在座成員間一陣微微的騷動。「我想我們最好還是限縮在法律範圍內。」馬塔班尼說。「你對委員會的組成方式沒意見。那你反對有『反歧視聯盟』的學生觀察員在場嗎？」

「我沒什麼好怕的。委員會，沒問題。觀察員，沒問題。」

「非常好。那就進入主題吧。首先是梅蘭妮．艾塞克斯小姐提出的指控。她目前是戲劇學程的學生。她的陳述各位都有副本了。我需要大概講一下陳述的重點嗎？盧里教授？」

「主席，請問艾塞克斯小姐是否不會出席？」

「艾塞克斯小姐昨天已經和委員會談過了。容我再提醒你一次，這不是法庭審判，只是調查。我們的程序規章和法庭不一樣。你覺得有什麼不妥嗎？」

「沒有。」

「第二項指控也和第一項有關。」馬塔班尼接著說：「是學籍成績組反映，由教務長提出的，是關於艾塞克斯小姐成績的真實性。指控內容說艾塞克斯小姐不但缺課，還欠交作業，該考的試也缺考，但你還是給她分數。」

「就這樣？指控的就是這些？」

「是。」

他深吸一口氣。「我相信委員會的各位委員，與其一直討論過去這些不必爭執的事，應該還有更好的事要做。兩項指控我都認罪。趕快宣布處分吧，我們就可以各自去忙自己的事了。」

哈錦湊向馬塔班尼，雙方交頭接耳了一會兒。

「盧里教授。」哈錦轉向他道：「我要再說一次，這是調查委員會，作用是聽取本案兩造的說法，再提出建議，並沒有決定權。我還是要問你，找熟悉我們這套程序的人來代表你，不是比較好嗎？」

「我用不著找人代表我。我完全可以代表我自己。請問，我都已經認罪了，這聽證會還要繼續下去嗎？」

「我們希望能給你一個機會說明自己的立場。」

「我已經說明我的立場了。我有罪。」

「什麼罪？」

「所有指控我的罪名。」

「你是在跟我們兜圈子，盧里教授。」

「就是艾塞克斯小姐宣稱的一切，還有偽造成績。」

換法洛迪雅・拉素爾插話了。「盧里教授，你說你同意艾塞克斯小姐的陳述，但你自己看過那份陳述沒有？」

「我不用看艾塞克斯小姐的陳述。我同意她寫的內容。我想不出艾塞克斯小姐有什麼理由說假話。」

「親自看過陳述再同意，不是比較謹慎的作法嗎？」

「不用了。生命中還有比謹慎更重要的事。」

法洛迪雅・拉素爾靠回椅背。「盧里教授，你這麼做，帥是很帥啦，但你擔得起耍帥的代價嗎？我覺得我們好像有責任保護你，免得你做出對自己不利的事。」她朝哈錦擠出冷冷的笑。

「你說你沒找法律顧問。那你有和誰談過嗎？——好比牧師，或心理諮商師？你會願意接受心理諮商嗎？」

這問題是那個商學院的年輕女子問的。他可以察覺自己的火氣愈來愈大。「沒有。我沒找心理諮商師，也沒這個打算。我已經是成年人了，諮商那一套我聽不進去。諮商也幫不了我。」他轉向馬塔班尼問：「我都已經認罪了，還有什麼理由討論下去嗎？」

馬塔班尼和哈錦又交頭接耳了一番。

馬塔班尼說：「我們建議委員會先休會片刻，討論盧里教授認罪的事。」

眾人紛紛點頭。

「盧里教授，能否請你先到外面一下，你和范衛克小姐都先離席，讓我們好好討論這件事？」

他和那個學生觀察員就退到哈錦辦公室。兩人之間毫無交談。那女生顯然有些尷尬。還記得那張塞進他門底下的傳單：「你玩完了，大情聖。」現在她可是和大情聖面對面了，她對他又有什麼看法呢？

他們又被叫了回去。會議室內的氣氛不太妙——他覺得好像鬧得很不愉快。

馬塔班尼先開口：「好，我們再講回來：盧里教授，你說你同意，對你的所有指控都是真的？」

「無論艾塞克斯小姐指控什麼我都同意。」

「拉素爾博士，妳有什麼要說的嗎？」

「有。我想對盧里教授的回應提出異議。我覺得他剛剛說的其實都在迴避重點。盧里教授說他接受所有指控。但我們想讓他具體說自己到底接受哪些指控的時候，他就是表面上敷衍，暗地裡其實在笑我們。我認為這代表他只是表面上同意而已。像這種另有內情的案子，我覺得外界廣大的社群有資格……」

聽到這裡他就沉不住氣了。「這案子完全沒有內情。」他隨即回敬。

「外界廣大的社群有資格知道——」拉素爾博士從容不迫提高音量，用氣勢壓過他。「盧里教授到底具體承認了什麼，才會因此受到公開譴責。」

馬塔班尼隨即插話：「萬一他被公開譴責的話。」

「萬一他被公開譴責的話。要是我們對盧里教授被譴責的原因認知不清，又不能做出清楚具體的建議，就是有虧職守。」

「我相信我們的認知都很清楚，拉素爾博士。問題在於盧里教授自己心裡清不清楚。」

「沒錯。你講的就是我想說的。」

此時閉嘴才是自保之道，但他實在辦不到。「我心裡怎樣是我自己的事，跟妳無關，法洛迪雅。」他回道。「坦白說，你們不是要我回應，是要我招認。這個嘛，我沒什麼好招的。我提出有罪答辯，這是我的權利。指控我的這些罪名都成立，這就是我的答辯。我也只願意做到這個程度。」

「主席，我必須表示反對。問題不是程序上的規則這麼簡單。盧里教授願意認罪，但我們捫心自問：他是同意自己有罪的事實？還是只是做做樣子，等風聲過去，大家忘了這案子就算了？假如他只是在這邊敷衍兩下，我強烈建議我們給予最嚴厲的處分。」

「我得再提醒妳一次，拉素爾博士。」馬塔班尼說。「我們無權處分。」

「那我們應該建議給予最嚴厲的處分。我們應該建議解除盧里教授的教職，即刻生效，也撤銷他所有的福利和特殊待遇。」

「大衛？」一直沒作聲的戴斯蒙．司瓦茲這時開口了：「大衛，你確定你這樣做，真的是對自己有利嗎？」說著轉向主席。「主席，盧里教授方才暫時離開的時候，我說過，在座各位都是大學的一分子，我們不應該用這麼冷冰冰的官方作法對待自己的同事。大衛，你確定不想稍微緩一緩，給自己一點時間反省一下，或許去諮商看看？」

「為什麼？我需要反省什麼？」

「反省你現在這個處境的嚴重性。我覺得你好像不太明白有多嚴重。我講得白一點，你很可能保不住這份工作。現在這年頭，丟飯碗不是開玩笑的。」

「那你建議我該做什麼？不要用拉素爾博士說的暗中嘲諷的語氣？還是流兩滴懺悔的眼淚給你們看？要做到什麼程度才能保住我的飯碗？」

「我這樣講也許你很難相信，大衛，不過我們在座的這幾位都不是你的敵人。我們都有脆弱的時候，誰沒有呢，我們畢竟只是人。這種事也不是只有你碰上。我們願意想辦法，讓你可以繼續你的學術生涯。」

哈錦順水推舟：「我們都想幫你，大衛，這整件事肯定是場惡夢，我們願意想辦法幫你走出來。」

他們是他的朋友。他們見他被自己的弱點絆了一跤，想拉他一把；他們要讓他從惡夢中醒來。他們不想見他淪落街頭行乞。他們要他重返課堂。

「各位講得這麼好心。」他說。「我倒是沒聽見女性的聲音。」

現場一陣沉默。

「很好。」他開口：「那我就一五一十招了吧。事情是某個傍晚開始的，我忘了是哪天，反正沒很久之前。我穿過舊校區的花園，艾塞克斯小姐正好在那邊，我們就這樣巧遇了。我們稍微聊了一下，就在那一刻，有什麼發生了。我不是詩人，沒法形容，只能說愛神降臨了。那之後我就不一樣了。」

「你哪裡不一樣了？」那個商學院的女子小心翼翼問道。

「我不是自己了。我再也不是五十歲、離了婚、無所事事的傢伙。我成了愛神的僕人。」

「這就是你給我們的抗辯？你管不住自己的衝動？」

「這不是抗辯。你們要我招供，那我就招供。至於衝動嘛，絕對不是管不住。說來慚愧，以前我有好多次都克制住類似的衝動。」

司瓦茲問：「你不覺得學術生涯的本質，就是需要我們做出某些犧牲嗎？為了整體利益著想，我們必須克制自己某些方面的滿足？」

「你是要禁止跨世代的親密關係嗎？」

「不是，不盡然。但我們身為人師，是握有權力的位置。或許我們應該禁止把權力關係和性關係混在一起。我覺得這就是本案的情形。或者說，我們應該對這點特別小心。」

法洛迪雅・拉素爾這時插話了。「我們又在兜圈子了，主席。對，他說他有罪，可是我們要他講具體一點的時候，突然問他坦承的不是性侵一個女生，只說自己抗拒不了衝動。至於他造成的痛苦，以及長久以來這種出於私欲剝削他人的行為，居然半個字都沒提。所以我才說和盧里教授去吵這個根本沒用。我們就接受他認罪，根據他的說詞做出建議。」

「性侵」——他一直在等這個詞。講出這兩字的那人嗓音微顫，正義凜然。她望著他時是看到了什麼，讓她如此怒不可遏？在一群無助的小魚間肆虐的大鯊魚？或者她看到的是另一幅畫面——一個大塊頭男人重重壓在小女生身上，用他的大手捂住她的哭號？未免太扯了吧！接著他才想起來：這群人昨天在同樣的房間內開會，她也坐在他們面前，梅蘭妮，她身高還不到他肩膀。這實在不對等——他怎能否認這點？

「我傾向贊成拉素爾博士的看法。」那個商學院女生說。「除非盧里教授有什麼想補充的，我認為我們應該做出裁決。」

司瓦茲又問：「在那之前，主席，我想請教盧里教授最後一次，他是否願意接受某種形式的聲明？」

「為什麼？為什麼我接受聲明這麼重要？」

「因為現在已經鬧得群情激憤，這麼做可以緩和一下。本來理想的情形是，我們希望在沒有媒體關注的情況下解決這件事，只是現在已經不可能了，引來一堆關注不說，還生出各種解讀，已經不是我們能控制的了。現在大家都等著看我們學校要怎麼處理。大衛，聽你的說法，我感覺你認為校方待你並不公平。事情真的不是這樣。我們這個委員會的成員都自認盡了全力想出折衷的方案，好讓你保住工作。所以我才會問，有沒有某種形式的公開聲明是你可以接受的，好讓我們不要建議最嚴厲的處分方式，也就是正式公開譴責、予以解聘。」

「你是說，我要低聲下氣，請大家高抬貴手？」

司瓦茲嘆了口氣。「大衛，我們這麼費心，你酸我們沒有好處。至少先同意我們休會一陣子，讓你好好思考一下自己的立場。」

「你希望這份聲明寫些什麼？」

「承認你錯了。」

「我已經承認了，而且是我自願的。所有對我指控的罪名都成立。」

「別跟我們玩遊戲，大衛。『承認自己的罪名』和『承認自己錯了』是兩回事，你也知道。」

「那，『承認我錯了』，你就滿意了嗎？」

「不行。」法洛迪雅·拉素爾回道。「這樣是本末倒置。『首先』，盧里教授必須要發表聲明。『然後』我們才能決定要不要以這份聲明作為減輕處罰的依據。我們不應該先討論他的聲明該怎麼寫。這份聲明應該由他來發，用他自己的話來寫。我們再看這份聲明是不是他的真心話。」

「妳有把握從我的用字就猜得出是不是我的真心話？」

「我們會看你表達出來的態度。我們會看你有沒有表現出懺悔的意思。」

「那好。我利用了自己與艾塞克斯小姐的師生關係。這麼做是不對的，我很後悔。這樣妳覺得可以了嗎？」

「問題不在於我覺得可不可以，盧里教授。問題是『你』覺得可不可以。這些話是不是反映了你真實的感受？」

他搖頭。「我已經說了妳要聽的，現在妳又嫌不夠，要我表現得真心誠意。真是豈有此理，法律也管不到這個吧！真是夠了。我們還是照規矩來吧。那些罪名我都認了。我就只做到這個地步。」

「好。」主席位上的馬塔班尼說。「如果大家沒有問題要問盧里教授，我們就謝謝他出席，請他先離開。」

* * *

他們一開始沒認出他。他下樓下到一半，才聽見一聲大喊「他來了！」，隨即是一陣慌亂的腳步聲。

待他下到樓梯最底階，眾人才趕上來。其中一人甚至揪住他的外套，想讓他慢下腳步。

「可以跟你談一下嗎？盧里教授？」有個聲音傳來。

他沒理會，逕自走向擁擠的大廳。大廳的群眾紛紛轉頭，看這高大的男人拋下尾隨的人群快步向外走。

有個人擋住了他的去路。「等一下！」是個女孩。他別過臉，伸手擋在面前。閃光燈亮起。

另一個女孩在他身邊打轉，滿頭辮子串著許多琥珀髮珠，垂在臉頰兩側。她微微一笑，露出兩排分外晶亮的白牙。「可不可以先停一下，我們談談？」她問。

「談什麼？」

一台錄音機隨即直戳向他。他一把推開。

「談剛剛情況怎麼樣。」那女孩說。

「什麼怎麼樣？」

相機閃光燈再次亮起。

「你知道，就那個聽證會。」

「我無法發表評論。」

「好，那你可以對什麼發表評論？」

「我沒什麼好評論的。」

在附近閒晃的和看熱鬧的人紛紛聚攏過來。要是他想脫身，少不了得奮力推擠一番。

「你覺得抱歉嗎？」那女孩問。錄音機湊得更近了。「你後悔自己做的事嗎？」

「不會。」他說。「這次經驗充實了我的生命。」

女生依然一臉笑意。「那你會再來一次嗎？」

「我覺得以後應該不會有這種機會了。」

「萬一有呢？」

「這不算問題。」

她想要他再說一點，多說一點，才有好料餵飽那台小小錄音機，但她一時不知該怎麼問，才能讓他在不覺間說溜嘴。

「他說那經驗讓他怎樣？」他聽見某人輕聲問道。

「他覺得很充實。」

一陣吃吃笑聲。

「問他有沒有道歉。」有人朝那個女生喊。

「我問啦。」

招供、道歉——這些人為什麼就這麼想羞辱他？忽然間眾人靜默不語，只團團圍住他，好似一群獵人把怪獸逼到走投無路，卻不知如何收場。

＊＊＊

隔天學生報上有張照片，下方的圖說寫著「現在誰才是蠢蛋？」照片中是他大翻白眼，伸手想擋住鏡頭。那姿態已經夠可笑了，更絕的是有個咧嘴大笑的男生，把一個字紙簍倒過來，高舉在他頭頂上方。由於視角差的緣故，乍看之下那字紙簍就正好套在他頭上，好似小時候老師叫學生戴處罰帽去罰站。他的照片被惡搞成這樣，他還有什麼機會翻身？

那篇報導的標題是：「委員會對決議三緘其口」。「懲戒委員會針對傳播系教授大衛・盧里性騷擾及行為不檢展開調查，但昨日對會議決議三緘其口。委員會主席馬納斯・馬塔班尼僅表示已將調查結果呈交校長處置。」

「盧里（五十三歲）在聽證會後與『女性反強姦組織』數名成員起了言語衝突，他表示與女學生的這些經驗極為『充實』。」

「盧里為浪漫時期詩歌專家，在數名修課學生對他提出申訴後，才爆發此事件。」

＊＊＊

他在家接到馬塔班尼打來的電話。「委員會已經把建議呈報上去了，大衛，校長要我來問你最後一次。他說他願意不做最嚴厲的處分，但前提是你要親自發表聲明，而且是我們和你自己都能接受的聲明。」

「馬納斯，這點我們已經討論過了。我……」

「等等，先聽我講完。我手邊已經有份聲明的草稿，應該可以符合我們的要求。很短，我唸給你聽好嗎？」

「唸吧。」

馬塔班尼隨即朗讀：「我完全承認嚴重侵害申訴方的人權，及濫用校方賦予我的職權。我對這兩方深致歉意，並願接受任何適當的處分。」

「『任何適當的處分』——這什麼意思？」

「在我看來，解聘你是不至於。應該很有可能是校方請你先休假一陣子。至於你最後會不會回來教書，就看你自己，還有你們院長和系主任怎麼決定。」

「就這樣？條件就是這樣？」

「我的理解是這樣。這份聲明等同於請求減輕處分，要是你對聲明的內容表現出接受的意願，校長會基於這種態度同意你的請求。」

「哪種態度？」

「懺悔的態度。」

「馬納斯，我們昨天不是才為懺悔扯了一堆嗎。我已經跟你說了我怎麼想。這我不幹。我已經出席了校方正式組成的委員會，照著法律定的規則走。這個委員會不是宗教管轄的委員會，我在委員會面前認罪，也不是基於宗教那套道德仁義，這樣應該夠了吧。懺悔和這個根本八竿子打不著關係。懺悔屬於另一個世界，那是另一個宇宙的語言體系。」

「你把問題搞得更複雜了，大衛。我們不是叫你懺悔。如果你不把我們當成和你一樣有血有肉的人，只覺得我們是『不受宗教管轄的委員會』成員，我們自然無法理解你的靈魂到底發生了什麼事。我們只是要你發一份聲明。」

「你們要我發一份可能不是出自真心的道歉聲明？」

「判斷的標準不在於你是不是出自真心。我說了，重點是你自己的良心。判斷標準在於你是否願意公開認錯，用一些具體的行動來補救。」

「這還真是雞蛋裡挑骨頭咧。你們說我有罪，我也認罪了。你們要我做的就是這個啊。」

「沒有。我們要的不只是這樣。我們不會對你有什麼過分的要求，但不只是現在這樣。我希望你能同意照我們的意思做。」

「抱歉，沒辦法。」

「大衛，我沒法一直護著你，不讓你糟蹋自己了。我實在很累，其他的委員也很煩了。你要不要一點時間再考慮一下？」

「不用。」

「好吧。那我只能說，你等校長的消息吧。」

第七章

他一旦決心離開，就沒什麼攔得住他。他清空冰箱，鎖好家中門窗，中午時分連人帶車已在高速公路上。往東開到奧茲胡恩過了一夜，隔天清晨破曉便出發。上午十點左右就已接近目的地薩林鎮——就在東開普省從葛蘭姆斯鎮到肯頓鎮的公路上。

到了離鎮區幾哩路的地方，沿著一條泥土路轉轉繞繞，路的盡頭就是他女兒的那一小塊地。面積五公頃，大多用來耕種，有座抽水用的風車，還有馬廄和幾座附屬建物，和一棟漆成黃色的農舍。農舍是低矮的平房，占地甚廣但不算方正，屋中各區朝不同的方向延伸；鐵皮屋頂，房前的小露台加了遮篷。農地最前方用鐵絲圍籬劃分界線，種了好幾叢金蓮花和天竺葵，除此之外就是塵土和碎石了。

一輛老舊的福斯 Kombi 麵包車停在車道上，他把自己的車停在它後面。露西步出露台的遮蔭，現身在陽光下。他一時竟沒認出她。一年過去，她胖了，臀部和胸部也豐滿（他思索著最合適的字眼）了。她大方打著赤腳上前迎接，張開雙臂擁抱他，親了下他的臉頰。

真是個好女孩啊，他擁著她，心想。長途奔波後有人這樣熱情迎接，多溫馨啊！

這棟屋子算大，室內卻很暗，連在正午也嫌陰冷。這應該是早年大家庭時代的產物，那時作客的人一來就是一馬車。六年前，露西加入一群年輕人組成的公社，大夥兒平日在葛蘭姆斯鎮兜售皮革製品和日曬烤乾的陶器，在玉米田的縫隙間種大麻。公社解散後，有些人搬到新貝塞斯達，露西和朋友海倫則留下來守著這塊地。她已經愛上這地方，她說，想好好種點東西。他就幫她買下了這裡。此刻的她一身花布洋裝，外加打赤腳之類的鄉下作風，加上滿屋子烘焙麵包糕點的氣味——她不再是玩票務農的小孩，是個貨真價實的農婦了，南非荷蘭文所說的「boervrou」。

「你就睡海倫的房間吧。」她說。「那間早上照得到太陽。你不知道今年冬天早上有多冷。」

「海倫還好嗎？」他問。海倫是個大塊頭，成天愁眉苦臉，嗓門很沉，皮膚很差，年紀又比露西大。他始終不懂露西看上她哪一點，總偷偷盼著露西找到更好的人，或有哪個更好的人能找到露西。

「海倫四月就回約翰尼斯堡去了。我除了幫手以外都是自己一個人。」

「妳沒跟我說。自己一個人不害怕嗎？」

露西聳聳肩。「我有養狗。狗還是有用的。狗愈多愈有嚇阻力。再怎麼說，萬一真有人闖進來，我也不覺得兩個人會比一個人有用。」

「妳還真想得開，講得這麼有哲理。」

「對呀。既然沒別的方法，就搬出哲學嘍。」

「但妳有武器。」

「我有支來福槍。哪天拿給你看。我跟鄰居買的，用是沒用過，但至少有槍。」

「很好。配了武器的哲學家。我喜歡。」

幾隻狗，一支槍。烤箱裡有麵包，土裡有農作物。妙的是，他和露西的母親都是都市人、知識分子，居然生出這樣一個老派的年輕人，靠自己的雙手苦幹實幹，開墾陌生的土地。但，或許生出她的不是他們夫妻——或許歷史是更主要的因素。

她幫他泡了茶。他正餓，狼吞虎嚥吃下兩大塊厚厚的麵包，配仙人掌果的果醬，同樣是自製的。他邊吃邊意識到她一直很注意他。他得小心點——沒什麼比看自己爸媽吃喝拉撒更叫孩子倒胃口。

她自己的指甲也不怎麼乾淨。這是鄉下的泥土——值得敬佩，他想。

他在海倫的房間打開行李箱，把東西一一歸位。抽屜是空的。很大的老衣櫥內只掛了件藍色的連身工作服。假如海倫出門去，應該不是一陣子而已。

露西帶他參觀這整片農地，一邊提醒他不要浪費水，不要汙染化糞池。這些他都知道，但還是很配合地聽著。她接著帶他去看寄宿狗兒住的犬舍。他上次過來時只有一間，現在有五間了，都蓋得很堅固。地基是混凝土，用鍍鋅鐵柱支撐，裝了很粗的鐵絲網。幾棵樹齡尚輕的藍桉樹提供了遮蔭。狗群看到她十分開心——其中有杜賓犬、德國牧羊犬、背脊犬、牛頭　、洛威拿犬。「都是看家狗。」她說。「工作犬，都是簽短期契約。寄養兩週、一週都有，有時就一個週末。暑假比較多是寵物犬。」

「貓呢？妳不收貓嗎？」

「別笑喔。我還真的在考慮擴大到貓，只是還沒做好相關的準備。」

「妳現在還在市集擺攤嗎？」

「有，每週六早上。我下次帶你一起去。」

這就是她維持生計的方式：開寄宿犬舍、賣花、賣菜。沒有比這還單純的了。

「這些狗不會無聊嗎？」他指著一隻母的棕色鬥牛犬，她*獨自待在籠裡，頭擱在前爪上，悶悶不樂瞅著他們父女，連起身都懶。

「凱蒂嗎？她被棄養了。主人一聲不響就溜了，欠了好幾個月的費用。我還真不知道該拿她怎麼辦。得想辦法幫她找個家吧，我想。她一直生悶氣，除此之外都還好。我們每天都會帶她出去動一動。我帶，要不就是佩楚斯。寄宿服務也包括這個。」

「佩楚斯？」

「你之後就會碰到他。佩楚斯是我的新幫手，他其實從三月以來就是這塊地的共同所有人啦。很不錯的一個人。」

他和她一同漫步，走過泥土砌成的攔水壩，有一家子大鴨帶小鴨從容游過。他們經過幾個蜂箱，穿過花園——裡面有好幾處花圃，還種了冬季蔬菜，如花椰菜、馬鈴薯、甜菜根、莙薘菜、洋蔥。兩人也去看了汲水幫浦和農地邊緣的蓄水池。過去兩年降雨量不錯，水位比之前高。

她談起這些如數家珍。她是新型的邊境農夫。早年田裡是牛和玉米，如今是狗兒和

---

*編註：作者在本書中寫到動物時，會刻意交替使用 she/he/it 等不同人稱，因此譯文會隨著作者的人稱不同而改變寫法。

水仙花。世道變得愈多，不變的事也愈多。歷史會重演，儘管用的方式未必那麼明顯。或許歷史已經學到教訓。

他們沿著灌溉用的水溝走回家。露西打赤腳，十趾結實踏過紅土地，留下清晰的足印。一個腳踏實地的女人，已經徹底融入這個環境，建立自己的新生活。很好！假如這將是他遺留世間的——這個女兒，這個女人——那他也問心無愧了。

「不用特別招呼我。」兩人進了屋子，他說。「我帶了書來。只要有桌子椅子就夠了。」

「在忙什麼特別的事嗎？」她問得很小心。他的工作並不是兩人常聊的話題。

「我是有些計畫。是關於拜倫生前最後那幾年。不是書，或者說，不是我以前寫的那種書。比較偏舞台劇。有文字，有音樂。角色有台詞，還要唱歌。」

「我不知道你還是有心朝那個方向發展。」

「我想就任性一次吧。不過也不單是這個原因。人總會想留下點什麼。或者至少可以說，男人總會想留下點什麼。女人要做到這點比較容易。」

「為什麼女人比較容易？」

「我說『比較容易』，是指比較容易產出有獨立生命的東西。」

「當父親不算嗎？」

「當父親……比起當母親，我總覺得當父親是相當抽象的事。不過我們就拭目以待吧。萬一我真的寫出什麼來，妳會是第一個知道的。第一個，也可能是最後一個。」

「你要自己作曲嗎？」

「我想大多會是借用別人的曲子。我對借用倒是沒什麼顧忌。一開始我覺得這個主題應該要配上相當豐富的管弦樂，好比史特勞斯，但那就超出我能力範圍了。我現在的想法正好相反，傾向非常簡單的伴奏——小提琴、大提琴、雙簧管，或低音管也有可能。不過這些都還是構想。我連一個音符都還沒寫呢——最近實在很難專心。想必妳聽說我碰上一點麻煩。」

「蘿絲*在電話裡提了一下。」

「嗯，我們現在不談這個。以後再說吧。」

「你不回去教書了嗎？」

「我辭職了。他們要我辭職。」

---

*譯註：Roz，即大衛的前妻蘿莎琳（Rosaline）的暱稱。

「你會想念教書嗎？」

「想念嗎？我不知道。我當老師當得不怎麼樣。至於和學生之間，我覺得處得也愈來愈沒有以前那麼融洽。我的看法他們懶得聽。所以我也許不會想念教書的日子吧。搞不好很高興終於解脫了也說不定。」

有個男人站在門口，高個子，藍色連身工作服、橡膠靴、羊毛帽。「佩楚斯，進來吧，見見我父親。」露西說。

佩楚斯把靴底在地上蹭乾淨了才進屋。兩人握了手。皺紋滿布、飽經風霜的臉，精明的雙眼。四十歲？四十五？

佩楚斯轉向露西。「噴藥。」他說。「我來拿農藥。」

「在麵包車裡。等一下，我去拿。」

露西這一出門，留下他和佩楚斯獨處。「你負責照顧狗兒是吧。」他為了打破沉默，只好找話說。

「我照顧狗兒，也顧外面的園子。對。」佩楚斯咧嘴一笑。「我是園丁，也是『狗—人』。」說著沉思片刻。「『狗—人』。」他又說了一遍，欣然回味著自己用的這個詞。

「我剛從開普敦開車上來。有時候我會擔心我女兒一個人在這裡。這裡很偏僻。」

「是。」佩楚斯附和。「很危險。」過一會兒才說：「現在什麼都很危險，不過這裡沒問題，我覺得啦。」說著又是一笑。

露西拿著一個小瓶子回來。「你知道怎麼調比例噢——一茶匙對十公升的水。」

「是，我知道。」佩楚斯說完，彎身穿過低矮的門口。

「佩楚斯感覺是個好人。」他說。

「他頭腦可清楚的呢。」

「他住在這裡嗎？」

「他和他太太住那間舊的馬廄。我已經幫那裡接了電，可以住得很舒服。他在阿得雷德*還有太太小孩，有些都成年了。他偶爾也會過去那邊。」

他讓露西去忙，自己出門散步，一直走到肯頓路。沁涼的冬日，西沉的夕陽映紅了山丘，山間只有零星幾處稀疏而慘白的草叢。不毛之地，貧瘠之土，他心想。資源已然耗盡，充其量只能養山羊。露西真的打算在這裡過一輩子嗎？他希望這只是一個階段。

---

* 譯註：Adelaide，東開普省城鎮，距薩林鎮北上約一小時半車程。

一群孩童放學途中走過他身邊。他朝他們招呼，他們也向他道好。鄉下的互動方式。開普敦已經漸漸淡去，化為過往。

那女孩的記憶忽地猝不及防襲來——她乾淨的小小乳房，尖挺的乳頭；柔滑平坦的腹部。他體內漾起陣陣欲望的漣漪。不管過往是怎麼回事，顯然沒有了斷。

他回屋繼續把行李一一歸位。上次和女人同住一個屋簷下已經是很久以前的事了。他得留意自己的行為舉止，一定要把自己打理得乾乾淨淨。

說露西「豐滿」算是委婉了。她肯定過不了多久就會變成大胖子，也不再費心打理外表，從情場退下來的人總是這樣。「Qu'est devenu ce front poli, ces cheveux blonds, sourcils voûtés?」*（我那晶潤的額頭如今安在？那金髮，那彎眉？）

晚餐很簡單，就是湯和麵包，還有地瓜。他通常不喜歡地瓜，但露西用檸檬皮、奶油、全香粉調味，就變得可口起來，非常可口。

「你會在這裡待一陣子吧？」她問。

「一個禮拜吧？一個禮拜怎麼樣？妳受得了我待這麼久嗎？」

---

* 譯註：出自十五世紀法國抒情詩人維永（François Villon）的詩〈美麗的頭盔匠之妻的哀嘆〉（Les Regrets de la Belle Heaulmière），敘述對青春易逝的感慨。

「你想待多久都可以。我只是怕你無聊。」

「不會無聊的。」

「那，一個禮拜之後你要去哪？」

「現在還不知道。也許我就出去閒晃吧，晃他個好一陣子。」

「嗯，你要住下來也完全沒問題。」

「妳真貼心，親愛的。不過我希望我們能一直維持友好的關係。作客太久，要友好可就不容易了。」

「如果我們不說這是『作客』呢？說『避難』怎麼樣？說你可以無限期在這裡避難，你同意嗎？」

「妳是說『庇護』？沒那麼糟啦，露西。我又不是逃犯。」

「蘿絲說他們對你態度很惡劣。」

「是我自找的。他們建議了折衷方案，我沒接受。」

「什麼樣的折衷方案？」

「再教育。性格改造。行話叫做『諮商』。」

「你就這麼完美？連一點點諮商都不能接受？」

「我覺得這一套實在太像毛澤東時期的中國。棄絕自己的信仰、自我批鬥、公開道歉。我這人就老派，還不如直接把我抓去牆邊，一槍斃了還比較痛快。我受夠了。」

「槍斃？因為你和學生上床？這樣做有點過頭了吧，你不覺得嗎，大衛？這種事肯定一天到晚都有。我學生時代一定也有。要是這種案子每件都起訴，老師這行八成就沒人了。」

他把肩一聳。「現在是清教徒時代，私生活成了公眾事務。色欲是要尊重的，色欲和感情都是。這些人就是想看好戲，一定要看我搥胸頓足、悔恨不已的樣子，可能的話再掉個幾滴眼淚。說穿了就是演肥皂劇嘛。我才不讓他們稱心如意。」

他原本還想補上一句：「說穿了，他們就是想閹了我」，但在女兒面前實在說不出口。老實說，現在因為講給露西聽，他才覺得自己這番話太灑狗血，太超過了。

「這麼說，你堅持自己的立場，他們也堅持自己的立場。是這樣嗎？」

「大概吧。」

「你不應該這麼強硬，大衛。這種態度當不了英雄。還有時間請他們再考慮一下嗎？」

「沒了。已經拍板定案了。」

「不能上訴嗎？」

「不能。我也沒什麼好怨的。都承認自己有罪了，又是那麼無恥下流的罪名，不可能還指望大家來同情你。過了一個歲數就不能了。人啊，過了一個歲數，沒人會多看你一眼，就是這麼回事。只能自己努力過日子，做一天和尚撞一天鐘了。」

「唉，真可惜。那就儘管住在這裡吧，你想待多久都行，不管什麼原因。」

＊＊＊

他早早就睡了。半夜忽地被一陣狗吠聲驚醒。其中有隻狗更是吠個不停，叫聲千篇一律，沒完沒了。別的狗受了影響也來湊熱鬧，安靜片刻後，顯然不想輸，又成了群狗齊鳴。

「每天晚上都是這樣嗎？」隔天早上他問露西。

「慢慢就會習慣了。不好意思。」

他搖頭。

第八章

他已經忘了東開普省高地冬天的早晨可以冷到什麼程度。他帶來的衣服都不對，只好跟露西借毛衣穿。

他雙手插進口袋，在花圃間漫步。肯頓路上有輛車呼嘯而過，很快便不見蹤影，隆隆車聲仍在凝結的空氣中迴盪。雁群以人字形飛過高空。他這下該怎麼打發時間才好？

「想出去走走嗎？」露西在他背後問。

他們帶了三隻狗出去遛。兩隻幼齡的杜賓犬，露西幫牠們上了牽繩。還有那隻被棄養的母鬥牛犬。

那母狗使勁想排便，用力得耳朵都往後倒了，卻還是大不出來。

「她有點便祕。」露西說。「我得給她吃藥。」

的。

狗兒還是一直用力，舌頭都伸出來了，雙眼飛快左顧右盼，彷彿讓人旁觀很丟臉似的。

他們離開馬路，越過灌木叢，再穿過稀疏的松林。

「和你在一起的那個女生。」露西忽地開口：「你們是來真的嗎？」

「蘿莎琳沒跟妳說怎麼回事嗎？」

「沒特別細講。」

「她老家也在世界上的這一區。在喬治。她是我班上的學生。成績馬馬虎虎，但人很漂亮。來真的嗎？我也不知道。當然，最後搞得很嚴重是真的。」

「不過現在結束了是嗎？你該不會還是巴著她不放吧？」

「結束了嗎？他還是巴著她嗎？」「我們已經不聯絡了。」他說。

「她為什麼要舉發你？」

「她沒說，我也沒機會問。她自己處境也很為難。有個男生，應該是她男朋友或前任男朋友，很強勢，一直牽著她鼻子走。加上課業的壓力。再來是她爸媽聽說了，馬上跑到開普敦來。壓力實在太大了吧，我想。」

「還有你。」

「對，還有我。我想我也很難搞。」

兩人走到一扇柵門，門上有塊牌子寫著「南非紙業廠房用地／請勿進入／違者依法究辦」的字樣。他們轉身往回走。

「這樣啊。」露西想了想，說：「你也付了該付的代價。或許她以後回顧這件事，不會把你想得那麼惡劣。女人也是可以很寬容的，你想都想不到。」

兩人一時無語。露西，他的孩子，居然敢跟他談女人？

「你想過再婚嗎？」露西問。

「妳是指和我同輩的人結婚？我天生不是結婚的料，露西。妳自己也看到了。」

「是。不過……」

「不過怎樣？不過對小朋友下手實在太不像話？」

「我不是那個意思。只是時間過得很快，你會發現結婚只會更難，不會更簡單。」

他和露西從沒來談過他的感情生活。現在看來要談這個還真的不容易。可是假如不和她談，他能跟誰談呢？

「妳記得威廉．布萊克寫的嗎？」他說。「寧可殺死搖籃中的嬰兒，也不願心懷未竟之欲望*。」

「你幹麼引用這首詩？」

「無法實現的欲望會變得醜陋，不管年紀大小都一樣。」

「所以呢？」

「我交往過的每個女人，都教我認識了自己的一些事。從這個角度來看，她們讓我變成了更好的人。」

「希望你不是指倒過來也一樣——你也讓你這些女人變成更好的人。」

他銳利的目光直射向她。她微微一笑。「開玩笑的啦。」她說。

兩人沿著柏油路走回去。到了通往露西那塊地的岔路口，有一塊他之前沒注意到的招牌，用油漆寫著：「切花。蘇鐵。」還畫了箭頭，寫了「一公里」。

「蘇鐵？」他不解。「蘇鐵不是瀕危植物嗎？我以為持有是違法的。」

「在野地裡把蘇鐵挖走是違法的。我這是從種子栽培的。待會兒帶你去看。」

他們繼續往前走。兩隻幼齡的狗兒拚命想掙脫牽繩跑個痛快，那母狗則在後面走得

＊譯註：出自布萊克所著《天堂與地獄的婚姻》（*The Marriage of Heaven and Hell*）。

氣喘吁吁。

「那妳呢？這就是妳這輩子想要的嗎？」他伸手朝這片園子和那間農舍揮了一下，屋頂在豔陽下閃閃發亮。

「算可以了。」露西低聲回道。

＊＊＊

週六是市集日。露西照計畫在清晨五點煮好咖啡叫他起床。他們穿上層層保暖衣物走到花園，佩楚斯已經就著鹵素燈的光在採收花圃的花。

他主動說要接手佩楚斯的工作，但十指沒多久就凍得不聽使喚，沒法把花朵分批綁成花束。他把細繩還給佩楚斯，改負責包裝花束和裝箱。

早晨七點，山丘頂端微微透出曙光，狗兒開始躁動，他們也把該做的都做完了。麵包車已經裝了成箱的花束，還有好幾袋馬鈴薯、洋蔥、甘藍菜。露西開車，佩楚斯留守。車上的暖氣壞了，露西只能透過霧濛濛的擋風玻璃觀察路況，開上葛蘭姆斯鎮路。他坐在她旁邊，吃著她預先做的三明治。低溫凍到他鼻水直流，他只暗暗希望她沒注意到。

就這樣，新的冒險開始了。他的女兒，從前他開車載著去學校、去芭蕾舞課、馬戲團、溜冰場的那個女兒，現在載著他出門，讓他看看什麼是生活，帶他見識這個不同的、陌生的世界。

到了東金廣場，已經有好些攤販忙著架桌子，擺出自己要賣的商品。一陣燒肉味飄來。鎮上罩著一層冷冷的霧，凍得大家搓手、跺腳、罵髒話。不過令他寬慰的是，露西顯然沒想跟這和樂融融的小鎮風情沾上邊。

他們設攤的位置應該是農產品區。左手邊是三個非裔女人，賣牛奶、炸米球、奶油，還有一只蓋了濕布的大桶，裡面裝了熬湯用的骨頭。右手邊則是一對老人家，都是荷裔南非白人，露西招呼時用荷語叫他們「敏絲伯母」和「庫斯伯伯」。夫妻倆還帶了個小幫手，戴著只露出眼睛的滑雪帽，看來應該不到十歲。這家人和露西一樣賣馬鈴薯和洋蔥，但也賣罐裝果醬、蜜餞、果乾、布枯茶包、蜜樹茶、各種香草等等。

露西帶了兩把帆布折疊椅來。他們邊喝用保溫杯裝的咖啡，邊等第一批客人上門。

兩週前，他還在課堂上向這個國家昏昏欲睡的年輕人解釋「喝」和「喝光」的區別、「燒」的過去式和過去完成式的差異。過去完成式，代表把一個動作做到完結。這一切變得多麼遙遠啊！我活著，我已經活過，我活過。

露西的馬鈴薯在裝進大桶前都洗得乾乾淨淨，那對南非白人夫妻的馬鈴薯則還帶著點土。這個上午露西的收入將近五百蘭特。不斷有人來買切花。她到了十一點就降價，把剩的最後一點蔬菜清空。那個賣牛奶和肉的小攤也有很多人光顧。不過那對老夫妻只是並肩呆坐著，一點笑容都沒有，他們的生意就沒那麼好。

很多來露西這攤的客人都喊她名字，大多是中年婦女，有那麼點把她當一家人的態度，彷彿她的成功形同自己的成就。露西每次這麼介紹他：「這是我爸，大衛．盧里，從開普敦過來看我。」她們就會說：「有這麼棒的女兒，你真是好福氣啊，盧里先生。」「是啊是啊。」他這麼回答。

有次則是露西向對方介紹他之後，說：「貝芙經營一間動物收容所。我有時候會過去幫忙。你方便的話，我們回程去她家坐一下。」

他對這個叫貝芙．蕭的沒什麼好感。矮矮胖胖，短小精悍型的女人，滿臉黑雀斑，一頭剪得極短的粗硬短髮，脖子短到幾乎看不見。他不喜歡不花心思打扮的女人。他之前不太能接受露西的那群朋友，也是這個原因。這也沒什麼好拿來說嘴的，就是他自己既有的成見，根深柢固。他的心成了收容所，收容早已過時、無用、貧乏、無處可去的種種想法。他實在應該把這些念頭都趕走，把他的心重新打掃乾淨。只是他根本沒意願動手，或者說，還沒到想動手的程度。

＊＊＊

「動物福利聯盟」原本是葛蘭姆斯鎮上頗為活躍的慈善機構，後來不得不終止營運，但有少數幾名志工仍在原址繼續經營動物診所，由貝芙．蕭領頭。露西以前就常和愛動物的人往來，他對這些人也沒什麼意見。這世界要是少了他們，肯定變得更不堪。也因此他對來應門的貝芙．蕭依然和顏悅色，但其實門一開，滿屋子貓尿狗癬的惡臭加消毒水味撲鼻而來，快把他熏昏了。

屋裡和他之前想像的差不多——破爛的家具、一堆小裝飾品（牧羊女小瓷像、牛鈴、鴕鳥羽毛做的驅蠅撢子）、聒噪的收音機。鳥兒在鳥籠裡嘰嘰喳喳；走到哪裡腳邊都有貓。此外，這裡不是只有貝芙．蕭，還有她先生比爾．蕭，同樣矮矮胖胖，正在廚房桌前喝茶。滿頭白髮配上紅得像甜菜的臉，毛衣領口早已垮到變形。「坐，坐，大衛。」比爾向他招呼。「來喝杯茶，把這兒當自己家。」

他今天起得那麼早，又忙了一上午，已經很累了，怎麼可能會想和這些人閒話家常。他飛快朝露西使了個眼色。「我們不坐了，比爾。」她說。「我只是來拿點藥就走。」

他透過窗子看到這戶人家的後院——有棵蘋果樹掉了一地蟲蛀過的果子，雜草恣意亂長。有塊地方用鐵皮浪板、木頭棧板、一堆舊輪胎圍了起來，幾隻雞在裡面東啄西刨。角落裡居然還有隻很像遁羚的動物打著盹。

「你覺得怎樣？」回程露西邊開車邊問他。

「不好意思，我就直說了。我覺得他們家自成一格，算是一種次文化吧。他們沒小孩嗎？」

「沒，沒小孩。你不要小看貝芙喔。她很厲害的，做了很多好事。她到D村已經很多年了，先是為了動物福利聯盟，現在是自己單打獨鬥了。」

「這場仗注定打輸的。」

「沒錯。而且也不會再有經費了。國家優先要做的事，哪裡輪得到動物。」

「她一定覺得很洩氣。妳也是。」

「是。也不是。有差嗎？她幫助的那些動物可不洩氣。牠們是鬆了一大口氣。」

「喔，那太好了。抱歉，女兒，我對這個話題實在提不起興趣。妳做的、她做的這些事，實在很了不起，但我覺得動保人士和某種基督徒有點像。每個人都那麼開朗，那麼善良，過了一陣子還不是忍不住誘惑，開始姦淫擄掠，或沒事踹貓一腳。」

他突然這樣發作，自己也吃了一驚。他並沒有發火的意思，一點都沒有。

「你覺得我該去做點更重要的事。」露西說。他們正開在遠離城鎮、一望無際的公路上。她握著方向盤，沒看他。「就因為我是你女兒，你覺得我的人生應該去做更有意義的事。」

她才說到一半他便搖起頭。「不……不是……不是這樣。」他喃喃道。

「你覺得我應該去畫靜物畫，要不就自學俄語之類的，對吧。像貝芙和比爾・蕭這種朋友你都看不順眼，因為他們沒法帶我走向更高級的生活。」

「不是這樣的，露西。」

「但真的就是這樣。他們沒法帶我過更高級的生活，是因為根本就沒有更高級的生活。這裡就只有這種生活。我們和動物共有的生活。有些人很努力想以身作則，就像貝芙。我努力仿效的也是這樣的人——把我們身為人類的某些特權和動物一起分享。我不想哪天轉世成狗或豬，過得像豬像狗，被人類踩在腳下。」

「露西，我親愛的露西，別生氣。是，我同意妳說的，這裡就只有這種生活。至於動物嘛，我們當然應該善待動物，可是別因為這樣就忘了該有的客觀——從造物的順序來看，我們就是和動物不一樣。這未必代表我們比動物高等，就只是不同而已。假如我們要善待動物，應該是因為單純願意付出，不是因為覺得有罪惡感，或是怕哪天有報應。」

露西吸了口氣，像是想回應他這番大道理，卻沒開口。兩人一路開回家，沒再說話。

第九章

他坐在客廳沙發上，看電視轉播的足球賽。比數零比零，看來兩隊都沒興趣贏球。球評在索托語和科薩語之間換來換去，他一個字也聽不懂，就把音量轉小，只剩下嗡嗡的低語。南非的週六下午——男人專屬的娛樂活動時間。他不覺打起盹來。

醒來時，佩楚斯正坐在他旁邊，手裡有瓶啤酒。電視的音量已經轉大了。

「藪羚隊。」佩楚斯說。「我的隊。現在是藪羚對上日落隊。」

日落隊踢出角球。球門前一團混亂。佩楚斯不耐地「呃」了一聲，雙手緊抱著頭。待塵埃落定，藪羚隊的守門員趴在地上，把球壓在胸口下。「他真厲害！真厲害！」佩特魯斯喊。「他守得太好了。一定要留住他。」

比賽零比零結束。佩特魯斯轉台改看拳擊賽——兩個選手都是小個子，身高大概只能勉強搆到裁判胸部。兩人只是繞圈，偶爾突然往前一躍痛毆對方。

他站起身走向屋後的臥室。露西躺在床上看書。「妳在看什麼書？」他問。她回以不解的眼神，取下耳塞。「妳在看什麼書？」他又問了一次，然後說：「我們住在一起好像還是不行噢，對不對？我還是回去比較好吧？」

她笑笑，把書放到一邊。狄更斯的《德魯德疑案》——和他預想的不一樣。「來坐。」她說。

他坐到床上，閒閒輕撫著她光著的腳。這腳長得真好，曲線優美。骨架也美，像她母親。花朵盛放之年的女人，就算體型臃腫，衣著難看，還是有魅力的。

「在我看來，大衛，我們處得不錯呀。你住在這裡，我很高興。只是你得花點時間適應鄉下生活的步調而已。只要你找點事做，就不會那麼悶了。」

他點頭，但其實沒有在聽。魅力，他心想，但這魅力並不對男性展現。他需要為此自責嗎？還是不管怎樣事情都會朝這個方向發展？打從女兒出生那天起，他對她只有最最自然、毫無保留的愛。她不可能感受不到。但他給的愛是否太多？她是否覺得成了負擔？他是否把這份愛強加在她身上？她是否已把這份愛解讀成更負面的意義？

他好奇露西和她歷任情人處得怎樣，這些情人和她的關係又是如何。一旦動念，接下來的思緒會奔向何方、轉多少彎，他向來不怕探究，現在自然也不。他是否生了一個敢愛敢恨的女人？在感官世界中，什麼是她可以汲取的資源和經驗？什麼不是？他和她有辦法談這個話題嗎？露西向來不是溫室的花朵。他們父女為什麼不能對彼此敞開心房？這年頭沒人在管界線了，他們又何必自己設限？

「只要我找點事做。」他說，把自己從馳騁的思緒中拉回來。「那妳有什麼建議？」

「你可以幫忙照顧狗，可以切我們要餵狗的肉，那個我一直覺得很難弄。還有佩楚斯。他這陣子都忙著整自己的地，你可以幫幫他。」

「幫佩楚斯的忙。嗯，我喜歡。這個歷史的反諷*我喜歡。妳覺得他會付我工錢嗎？」

「你可以問他。我想他會啦。他今年初拿到了土地事務部的補助，跟我買了一公頃多的地。我沒跟你說嗎？他的地和我這邊之間的界線會穿過那座蓄水池。蓄水池我們共用。從那邊到圍籬都是他的地。他有頭母牛春天就要生小牛了。他有兩個太太，不然就

*譯註：指以前都是白人雇用黑人做工，現在倒過來。

是太太加女朋友。如果他好好利用這筆錢做出點成績，應該可以拿到第二筆補助金來蓋房子，這樣他就不用住馬廄了。以東開普省的標準，他算有錢有勢的人嘍。你就叫他付錢給你。他出得起。我都不敢說我還請得起他呢。」

「好吧，我就負責處理狗吃的肉，也會主動去找佩楚斯，說我可以幫他整地。還有呢？」

「你可以去診所幫忙。那邊很缺志工。」

「妳是指去幫貝芙．蕭。」

「對。」

「我覺得我和她合不來。」

「你用不著和她合得來，只要幫她忙就好了。不過可別指望有錢拿。要做就得出於自己的善心。」

「我覺得這不太對勁，露西。就像社區服務一樣怪怪的，像是補償過去犯的法之類的。」

「大衛，你出於什麼動機去幫忙，我可以跟你保證，診所那邊的動物不會過問的。牠們不會問，也不在乎。」

「好吧，那我就去幫忙。不過前提是我用不著變成什麼更好的人。我沒那個意願接受改造，我想繼續做我自己。只有在這個前提下我才去。」他手依然放在她腳上，講到這裡緊抓了一下她的腳踝。「懂嗎？」

他只能把她隨即浮現的表情形容為甜笑。「所以你打定主意就是要一直當壞人嘍。瘋子，壞人，認識你絕對沒好事就是了。我保證，沒人要你改變。」

她逗他的方式和她母親一個樣，或許甚至更犀利。他向來對頭腦靈光的女人有好感。頭腦和美貌。無論他多想在「美拉妮」身上發現那種頭腦，就是無法如願。美貌倒是很夠就是了。

又來了，那陣竄過他體內的，快感的輕顫。他知道露西在仔細打量他。看來他沒能掩飾這股顫動。有意思。

他起身走去院子。年紀還小的那幾隻狗見他過來，高興得在籠裡走來走去，熱切地嗚嗚叫。但那隻老邁的母鬥牛犬幾乎連動也沒動。

他進了她的籠子，帶上門。她抬起頭瞄了他一下，又低下頭，乳房鬆垮垮地垂著。

他蹲下，搔搔她的耳後。「咱們倆都被人拋棄了，是嗎？」他低聲道。

接著他索性躺在她身邊的水泥地上，舒舒服服伸長了手腳。抬眼就是整片淡藍色的天。他四肢漸漸不再緊繃。

露西發現他時，他就是這模樣，想必是睡著了吧。他一睜眼就看到她也在狗籠裡，拿著澆花桶。那母狗起身去嗅她的腳。

「來交朋友啊？」露西說。

「要和她交朋友沒那麼容易。」

「可憐的老凱蒂，她一直很傷心。沒人要她，她自己也知道。諷刺的是，她的孩子肯定都在這一區，一定會希望和她住在一起。可是他們沒資格請她過去。這些狗在人的家裡只是當家具、當警報系統的。牠們把我們當神一樣對待，但我們拿什麼回報？只是把牠們當沒生命的東西。」

兩人走出狗籠。那母狗頹然趴下，閉上眼。

「早期的使徒教父針對動物辯論了很久，認為動物沒有靈魂。」他說。「牠們的靈魂和肉體綁在一起，肉體死了，靈魂也跟著一起死了。」

露西聳聳肩。「我可不知道我有沒有靈魂。就算看到了，我也認不出來。」

「話不是這樣講。妳就是靈魂。我們都是。在我們出生之前就是了。」

她用怪異的眼神望著他。

「那妳打算拿她怎麼辦？」他問。

「你說凱蒂嗎？萬一真走到那一步，我會養她。」

「妳沒幫動物做過安樂死嗎？」

「沒，我沒有。貝芙有。這種事沒人願意做，她就接過來自己做。但為了這個她也很痛苦。你對她評價不高，不過她這個人比你想得還有意思，即使是用你自己的標準來看。」

他自己的標準——什麼標準？那個矮胖的小女人，聲音那麼難聽，本就不值一顧？一道哀傷的陰影頓時罩住了他：為在籠裡孤伶伶的凱蒂、為他自己、為所有人。他深深嘆了口氣，毫無掩飾的意思。「原諒我，露西。」他說。

「原諒你？為什麼？」她淺淺一笑，帶著嘲弄。

「因為有兩個凡人奉命把妳帶到這個世界，當妳的嚮導，我是那其中之一，卻做得很不稱職。不過我會去幫貝芙．蕭，只要不必叫她『貝芙』就好。這個名字真的很蠢，老是讓我想到牛*。我什麼時候開始？」

「我會打給她。」

---

* 譯註：貝芙（Bev）為女子名貝佛莉（Beverly）常見的暱稱，發音近似牛肉（beef）。

第十章

診所外掛的招牌寫著「動物福利聯盟W．O．一五二九」，下面一行字寫著每日營業時間，但已經貼上膠帶遮住。門口已經排了一條人龍，有些人帶了動物來。他一下車就有一群孩童圍著他，有的要錢，有的盯著他看。還有兩隻狗互看不順眼，先是互相露齒低吼，下一秒就狂吠起來，兩名狗主只得使勁拉住自己的狗。他默默在人群中擠出一條路，走過兩狗對峙的喧鬧。

候診間很小，毫無陳設，擠得水洩不通。他還得跨過某人的腿才進得去。

「蕭太太在哪？」他問。

有個老婦人把頭朝垂著塑膠布簾的門比了一下。她用短繩牽著一頭山羊。那羊緊張地睜大眼打量周遭的狗，羊蹄叩叩叩敲著硬地板。

到了裡面的房間，一股濃重的尿味撲鼻而來。屋內擺了張低矮的手術台，不鏽鋼的檯面上有隻狗，看來是脊背犬和胡狼的混種，年紀還輕。貝芙．蕭正忙著用筆燈照進牠的喉嚨。有個打赤腳的男孩跪在手術台上，用一邊腋下緊緊扣住狗兒，另一手努力掰開牠的下巴，顯然是狗主。狗兒喉嚨深處發出低低的怒吼，健壯的後腿和臀部繃得緊緊的。他一看這情況，雖然有點彆扭，卻也跟著加入戰團，抓住狗兒的後腿往下壓，強迫牠坐下。

「謝謝你啊。」貝芙．蕭說，滿臉通紅。「牠有顆阻生牙長了膿包。我們沒有抗生素，只好……你抓好牠別動喔，小朋友！……就只好切開它把膿放掉，看它能不能自己好。」

她用處理膿腫的手術刀在狗兒的嘴中探查，那狗猛然一扭，掙脫他的手，差點就要跳出小男孩的臂彎。他趁狗兒四腳亂扒想跳下手術台的空檔一把抱住牠，就在那瞬間，狗兒雙眼燃起怒火與恐懼，直直燒向他眼中。

「讓牠側躺——好。」貝芙．蕭說著，發出溫柔的呢喃，一邊扳了一下狗兒的腿，讓牠轉向側面躺下，手法極為純熟。「皮帶。」她下了指令。他把皮帶在狗兒身上繞了一圈，她則把皮帶繫好扣上。「好。」貝芙．蕭叮嚀他：「想些讓你愉快的事，讓你覺得自己很強大的事。牠們聞得出你在想什麼。」

他把全身重量靠在狗身上。那男孩則在手上纏了一塊破布，小心翼翼再次扳開狗的上下顎。狗兒顯然十分驚恐，翻著白眼。牠們聞得出你在想什麼——真是胡說八道！「沒事，沒事噢！」他喃喃低語。貝芙．蕭再次拿起手術刀往狗兒嘴裡探。狗兒出現想吐的反應，渾身僵直，但之後便鬆弛下來。

「好。」貝芙．蕭處理完畢，說：「接下來我們就順其自然嘍。」她鬆開綁住狗兒的皮帶，對那男孩說了些像是科薩語的話，只是講得很結巴。狗兒已經回復站姿，只是蜷縮在手術台下。檯面上的點點血跡和唾液，貝芙都擦掉了。那孩子半哄半勸帶狗兒出去。

「謝謝你，盧里先生。你有種讓人安心的感覺，有你在，事情順利很多。我感覺得出來，你喜歡動物。」

「我喜歡動物？我既然吃牠們，我想一定得喜歡牠們吧，或者說，喜歡牠們的某些部位。」

她的頭髮是一大團小髮卷組合而成。她是自己用卷髮器捲的嗎？不太可能，這樣每天得花好幾小時弄頭髮。肯定是天生長成這樣。他從沒這麼近距離看過這種「tessitura」

（義文：質感）的卷髮。她雙耳上的血管清晰可見，宛如紅紫色金屬細絲做的雕花。鼻子上的血管也一樣。再往下看，那下巴簡直就像從她胸部長出來，讓他聯想到球胸鴿。把這些組件全部集合起來的結果，實在是沒有半點吸引力。

她正在思索他剛剛講的話，似乎沒注意到他講話時的語氣。

「沒錯，我們國家確實吃掉很多動物。」她說。「似乎對我們也沒什麼好處。我不知道以後該怎麼跟動物解釋我們這樣做是對的。」講完又拉回來：「我們來看下一個吧？」

跟動物解釋這樣做是對的？什麼時候解釋？審判日嗎？他很想聽她講下去，但現在不是時候。

下一隻動物是山羊，已經成年的公羊，連走都不太能走。半個陰囊已經變成黃紫相間，腫得像氣球；另一半則滿是乾掉的血漬和泥土。帶他來的老太太說他被幾隻狗咬傷了。但他似乎還滿活潑開朗，很有戰鬥力，甚至趁貝芙・蕭檢查的時候往地上噴了幾粒屎。老太太則站在他的頭旁邊，抓住他的角，假意罵了他幾句。

貝芙・蕭用棉棒輕輕碰了下山羊的陰囊，他隨即踢了一下。「你能綁住他的腿嗎？」她問，用手比劃了一下該怎麼做。他把那羊的右後腿和前腿綁在一起。這回羊作勢要踢，卻站不穩。她輕輕用棉棒擦拭傷口，那羊只是發抖，叫了一聲——非常難聽的聲音，低沉而沙啞。

等她逐漸擦去陰囊外的泥土，他才看到傷口上有一堆白色的蛆，沒有眼睛的頭朝外猛伸。他不禁打了個冷顫。「綠頭蒼蠅。」貝芙・蕭說。「至少一週大了。」說著把嘴一噘。「妳早該帶他過來的。」她對那女人說。「是啦。」對方回道。「那些狗每天晚上都來。討厭死了，真要命。要找像他這種人來幫忙，還得花五百蘭特。」

貝芙・蕭清完傷口，站直了身子，才說：「我不知道我們還能做什麼。我沒有做切除手術的經驗。她可以等歐茲楚懷森醫生禮拜四來看診的時候再帶他過來，只是這老傢伙終究還是會挨那一刀，再也不能生育了。她能接受嗎？再說還有抗生素的問題。她願意花錢買抗生素嗎？」

她又跪到羊身邊，用頭輕輕頂著那羊的喉嚨，一頭卷髮由下而上溫柔拂過羊的頸間。那羊顫抖著，卻沒有動。她招手示意那女人放開羊角，對方照做了，羊並沒因此移動。

她放輕了嗓門：「你覺得呢？我的朋友？」他聽見她問。「你覺得怎樣？做到這裡，夠了嗎？」

那羊一動不動，彷彿進入催眠狀態。貝芙・蕭繼續用頭輕撫著他，好像自己也被自己催眠了。

過了一會兒，她整理好情緒，站起身。「我怕已經太晚了。」她對那女人說。「我沒辦法讓他好起來。妳可以等醫生禮拜四來的時候再過來，或者就把他交給我，我會讓他平靜地走。他會讓我替他動手的。這樣好嗎？要不要把他留在我這裡？」

女人遲疑了一下，搖搖頭，把羊朝門外拉。

「妳可以再帶他回來。」貝芙・蕭說。「我會幫他走完這一程的，就這樣。」她努力不讓自己的聲音洩漏情緒，他卻聽得出那語氣中的頹喪。羊也聽見了：他不斷踢著想掙脫綁帶，弓起背跳上跳下，那噁心的腫包就在他臀部附近晃呀晃。女人扯下綁帶丟到一邊。一人一羊逐漸遠去。

「剛剛那是怎麼了？」他問。

貝芙・蕭別過臉去，擤了下鼻子。「沒什麼。我這邊留了一定數量的『致命』，碰到特別糟糕的情況可以用，但我們沒法強迫主人。畢竟動物是他們的，就算要殺也會想用自己的方式殺。真的很可惜。這麼好的老傢伙，這麼勇敢、有骨氣、有自信！」

「致命」——這是藥名嗎？除了藥廠，他想不到誰會這麼取名。來自希臘神話中忘川的水，喝了眼前驟然一黑。

「他也許比妳想得還懂事。」他說。他居然在安慰她，自己也覺得意外。「他也許早就經歷過了，這麼說吧，他應該是天生就懂了。畢竟這裡可是非洲，盤古開天的時候就有山羊了。用不著誰來跟牠們說刀的用處，還有火。牠們很清楚死是怎麼回事，生下來就有準備了。」

「你覺得是這樣嗎？」她說。「我可沒把握。我覺得我們並沒做好死的準備，誰都沒有，要走也不要一個人走。」

他漸漸有點頭緒了。他終於略略明白這個小矮子醜女肩上扛的是怎樣的苦差事。這荒涼之屋不是治療所，她的醫術不算專業，稱不上治療——這裡是走投無路時才來的地方。他想起那個誰的故事——誰？聖休伯特嗎？有頭鹿為了逃過獵犬追殺，撞進他的禮拜堂，氣喘吁吁，狼狽不堪，他就收留了鹿。貝芙·蕭不是獸醫，而是女牧師，滿嘴新世紀鬼話連篇，她知道非洲有那麼多動物在受苦，想減輕牠們的負荷，只是她用的方式很荒唐。露西以為他會覺得她這人有意思，只是露西說錯了，這不能用「有意思」來形容。

他整個下午都在診療間，能幫多少就幫多少。看完了當天最後一名病患，貝芙·蕭就帶他到院子走了一圈。鳥舍裡只有一隻年輕的吼海鵰，一邊翅膀上了夾板。其他的動物全是狗——不是露西家梳洗得乾淨整齊的純種狗，而是一群皮包骨的雜種狗，全部擠在快塞爆的兩座狗欄裡，或吼、或吠、或嗚咽，或興奮得直跳。

他幫她在狗欄裡倒了乾飼料，注滿飲水槽。這一餵就清空了兩大袋十公斤裝的狗飼料。

「妳怎麼支付這些費用？」他問。

「我們去跟批發商買，也會舉辦募捐。有人會主動捐款。我們提供免費結紮的服務，所以有政府補助。」

「誰來做結紮？」

「歐茲楚懷森醫生，我們的獸醫。不過他一週只過來一個下午。」

他看著狗兒吃飼料，很意外那麼一大群狗，卻沒怎麼爭吵。個頭較小、身體較弱的狗，也很能接受自己就是這種命，靜靜等著輪到自己的時候。

「問題在於牠們實在是太多了。」貝芙．蕭說。「牠們當然不懂，我們也沒法跟牠們解釋。『太多』是用我們的標準看，不是牠們的。要是牠們能照自己的意思，當然是愈生愈多，把地球填滿最好。牠們不覺得有一堆子孫是壞事，愈多愈好嘛。貓也是一樣。」

「還有老鼠。」

「對，還有老鼠。這倒讓我想起來：等你到家，檢查一下身上有沒有跳蚤。」

有隻狗吃得心滿意足，閃著晶亮的雙眼朝他走來，透過鐵絲網聞了聞他的手指，舔了幾下。

「牠們對誰都一視同仁，對吧。」他說。「不分階級，沒有誰特別尊貴到不聞別人的屁股。」他蹲下來讓狗兒嗅他的臉、他的氣息。他覺得那狗兒的表情很有智慧，儘管實際上可能完全不是那回事。「這些狗全都會死嗎？」

「沒人要的就會。我們會幫牠們安樂死。」

「妳是動手的那個人。」

「對。」

「妳不介意嗎？」

「當然介意，非常介意。我可不想讓不介意的人幫我做。你想嗎？」

他沒說話。半晌才開口：「妳知道我女兒要我來找妳的原因嗎？」

「她說你這陣子碰上點麻煩。」

「不單是麻煩。我想有人會說我這種狀況是自取其辱。」

他仔細打量她。她好像不太自在，但這或許只是他的想像。

「妳現在知道我的狀況了，還希望我過來幫忙嗎？」他問。

「如果你有心理準備……」她攤開手、交握，又攤開。她不知該說什麼，他也沒幫她接話。

＊＊＊

他以前和女兒同住都是短短一陣子，但現在他與她共享的是她的家，她的生活。他得謹言慎行，別在無意間又回到以前的老習慣，身為父親的習慣——卷筒衛生紙用完就補上新的、隨手關燈、把爬上沙發的貓趕下去。他諄諄告誡自己，為老年生活預作練習。練習融入環境。為日後老人院的生活練習。

他裝出很累的樣子，晚飯後就回到自己房間，不過露西一人生活的種種聲音還是依稀傳來：開關抽屜、收音機、低聲講電話。她是打去約翰尼斯堡給海倫嗎？他在這裡，是不是反而讓她們必須分隔兩地？要是他住在這裡，她們倆會有那個膽子同床嗎？萬一她們夜裡把床弄得吱呀響，會覺得不好意思嗎？還是會因為不好意思，就不做了？可是女人在一起幹什麼，他又懂得多少？或許女人沒那個必要在床上弄得驚天動地。再說他對露西和海倫這兩人又有多了解？她們睡在一起，搞不好也只是像小孩那樣，摟摟抱抱、摸摸碰碰、吃吃笑著重溫少女生活——雖是戀人，更像姊妹。一起睡，一起泡澡，一起烤薑餅，拿對方的衣服來穿。女同性戀之間的愛——真是變胖的好藉口。

但歸根結柢，其實是他不願去想自己的女兒和女人打得火熱，尤其又是那麼普通的女人。可是萬一女兒交往的對象是個男人，他就高興了嗎？他到底希望露西有怎樣的未來？當然他不會要她永遠不長大、永遠單純、永遠為他所有——絕對不會。然而他是做父親的，這是他的宿命。父親年紀愈大，感情上對女兒的依賴也愈深，這是不由自主的。她成了他的二度救贖，令他想起年少時珍愛的新娘。難怪童話故事裡的皇后總是處心積慮想整死自己的女兒！

他嘆了口氣。露西真可憐！做女兒的真可憐！這是怎樣的命運，怎樣的重擔！做兒子的想必也有他們的苦痛吧，他對這所知不多就是了。

他真希望自己睡得著。但他覺得好冷，毫無睡意。

他起身，披上夾克，又回到床上，讀起拜倫一八二〇年的書信。拜倫當時三十二歲，已是發福中年男子。他到了義大利的拉文納，住在圭丘里伯爵夫妻家——伯爵夫人泰瑞莎有雙短腿，頻頻殷勤示好；伯爵文質彬彬，卻面善心惡。蒸騰的暑氣、向晚的茶點、小器的八卦、難掩的呵欠。「女人坐成一圈；男人打無聊至極的法羅紙牌。」拜倫這麼寫道。婚姻的種種乏味瑣碎，在姦情中同樣浮現。「我向來認為三十歲是道關卡，阻攔了激情中真實或強烈的歡愉。」

他又嘆了口氣。夏天怎麼這麼短，然後就秋天了，再來就是冬天！他一直看書看到過了大半夜，卻還是難以入睡。

第十一章

星期三。他早早起床，但露西起得比他更早。他發現她在看攔水壩上的野雁。

「牠們真可愛。」她說。「牠們每年都會回來，同樣的三隻。看到牠們回來，我覺得自己好幸運，我是牠們選中的人。」

三。這應該也算是種解決方案吧。他、露西、梅蘭妮。或者他、梅蘭妮、索拉雅。

他們一起吃了早餐，再帶兩隻杜賓狗去散步。

「你覺得自己可以在這裡生活嗎？在世界上的這地方？」露西突然天外飛來一問。

「怎麼啦？妳需要新的『狗—人』？」

「不是，我沒想到那裡去。不過你肯定可以在羅茲大學找到工作吧，你在那邊一定有人脈——或者去伊莉莎白港大學也行。」

「我不覺得，露西。我已經沒那個身價了。這件醜聞會一直跟著我，和我綁在一起。不行，要是我找工作，得找個不起眼的，好比記帳的，假如這年頭還有這種工作的話，要不然就去當狗舍管理員。」

「可是，如果你想幫這件醜聞止血，不是應該出來為自己說話嗎？你這樣一走了之，豈不是讓八卦愈傳愈誇張？」

露西小時候向來文靜內斂，只是默默觀察他，但就他所知，她從不評斷他。如今她二十好幾，開始走出自己的路。狗兒、園藝、占星術書籍、中性的打扮——每一項他都認為是種聲明，表達獨立、有頭腦、有目標。遠離男人也是。她在開創自己的人生，走出他的影子。太棒了！他非常贊同！

「妳覺得我是這種人嗎？」他問。「闖了禍就逃離犯罪現場？」

「唔，你已經主動退出了。實際上有差嗎？」

「妳沒看到重點，親愛的。妳希望我幫自己說話，問題是已經沒話可說了，basta（義文：夠了）。這輩子是不可能了。就算我想，也沒人會聽我說。」

「不會吧。就算像你說的，你是道德上的恐龍，總也會有人想聽恐龍說什麼吧。我就很想聽啊。你這麼做有理由吧？說來聽聽。」

他遲疑了。她真的想聽他一直講自己的私生活？

「我的主張是根據欲望權。」他說。「這是神的設計，連小鳥兒也會因為欲望顫抖。」

他看到女孩公寓中的自己，在她臥室，窗外大雨滂沱，屋角的暖爐飄出煤油味；他呈跪姿俯視著她，脫下她的衣服，她雙臂有如死屍癱軟。我是愛神的僕人：這才是他真正想說的，但他有那個膽子說出口嗎？這是上帝藉由我施行的作為。好大的口氣！不過他也沒說謊，不盡然。儘管整件事如此不堪，其中仍有某種寬厚在夾縫中努力抽芽。只可惜他不知時間如此短促，來不及看它開花！

他決定換個說法，慢慢解釋給她聽。「妳小時候，我們還住在肯諾沃斯*，隔壁鄰居有養狗，一隻黃金獵犬。我不知道妳記不記得。」

「一點點。」

「那隻黃金獵犬是公的。只要附近一有母狗，牠就興奮得不得了，根本管不住。後來只要牠一興奮，主人就會打牠。這樣過了一陣子之後，那隻可憐的狗狗反而不曉得該怎麼辦了。牠一聞到母狗，就會繞著院子跑，但耳朵都塌下來，還夾著尾巴，邊跑邊嗚

---

* 譯註：Kenilworth，開普敦市南方的市郊住宅區，居民多為中產階級。

嗚叫，只想躲起來。」

他講到這裡先停下了。「我不知道重點在哪。」露西說。沒錯，重點在哪？

「做到這種程度實在非常惡劣，所以我感到很無奈。我覺得，狗咬拖鞋，你可以罰牠，狗也能接受這麼做的理由——我咬拖鞋，所以挨打。可是欲望完全是另一回事。動物照著自己的直覺行事是天經地義，沒有動物可以接受自己因為這點受處罰。」

「這麼說，雄性動物隨心所欲照自己的直覺行動，就是天經地義？你舉這個例子的結論就是這樣？」

「不是，這不是結論。我這個例子之所以那麼惡劣，是因為那隻可憐的狗後來變得厭惡自己的本性。主人再也用不著打牠。牠隨時都在懲罰自己。到這個地步，還不如一槍斃了牠算了。」

「或者把牠紮了。」

「也許吧。不過我想牠內心深處應該寧願挨一槍。眼前幾種選擇裡面，挨一槍可能還是最好的——要不就是完全否定自己的天性；要不就是成天在客廳晃來晃去，唉聲嘆氣，看到貓聞個一兩下，坐著長肉。」

「你一直都這麼覺得嗎？大衛？」

「沒，也不是一直。有時候我還覺得正好相反，我們沒有欲望這種負擔，也能過得很好。」

露西回道：「我得說，我自己也傾向這種觀點。」

他等她說下去，但她沒有，只說：「總之呢，講回來，他們趕你走，沒把事情鬧大。你的同事可以放心回到正常生活。反正代罪羔羊已經到野外自生自滅去了。」

這是陳述？還是疑問？她真的相信他只是代罪羔羊嗎？

「我覺得不太能用『代罪羔羊』來形容。」他謹慎選擇自己的用字。「代罪羔羊之所以可行，還是受它背後宗教力量的影響。你把整個城市的罪讓羊去扛，把牠放逐了，城市就洗淨罪孽了。這一套有用，是因為大家都知道怎麼解讀這種儀式，包括諸神。等諸神都死了，沒有神靈幫忙了，突然間你就得負起幫城市洗滌罪孽的責任。這時需要的是實際的行動，不是象徵性的儀式。審查制度就是這樣來的，從羅馬人的角度來說。時時戒備成了處世準則——大家互相監視，變得草木皆兵。宗教洗滌罪孽的那套沒了，取而代之的是肅清異己。」

他顯然忘情得講起大道理來了。「反正啊，我已經跟大都市說掰掰了，跑到荒郊野地來幹麼呢？結果是來照顧狗狗，幫忙一個專門負責結紮和安樂死的女人。」

露西笑出聲來。「貝芙嗎？你以為貝芙是壓制性國家機器的一份子？貝芙其實很敬畏你耶！你可是大學教授。她這輩子從來不認識什麼老學究，還生怕在你面前搞錯文法呢。」

同一條小徑上，有三個男人迎面而來，也可說是兩個男人和一個男孩，而且走得很快，鄉下人的那種大步走法。露西身邊的狗兒慢下腳步，全身毛髮直豎。

「是不是壞人？」他低聲道。

「不曉得。」

她把兩隻杜賓狗的牽繩拉近了些。三人走到他們面前，點點頭打了招呼，繼續往前走。

「他們是什麼人？」他問。

「我從來沒見過。」

他們走到這片莊園的邊界，又掉頭往回走。沒看到那三人。

走到離家不遠處，他們聽見狗籠中的狗兒狂吠。露西加快了腳步。

那三人已經在那兒等著他們。兩個男人彼此站得有點距離；那男孩則在狗籠旁對狗兒嘶嘶作聲，不時猛地作勢威嚇。被惹火的狗兒不斷狂吠暴衝。露西帶在身邊的杜賓狗奮力想掙脫牽繩。就連那隻年邁的母鬥牛犬（他似乎已經把牠當成自己的狗）也發出微微的低吼。

「佩楚斯！」露西高喊，但四下不見佩楚斯人影。「別碰我的狗！」她大叫。

「Hamba！（南非荷語：滾！）」

男孩閒閒走開，站到那兩個男人附近。一張扁臉毫無表情，一對深陷的小眼。身上是花朵圖樣的襯衫和垮褲，戴頂黃色遮陽帽。兩個男人穿的則是連身工作服。比較高的那個長得不錯，可說相當俊秀，額頭很高，稜角分明的顴骨，鼻孔很大，向外怒張。

狗群看到露西朝這裡走，紛紛靜了下來。她打開第三個狗籠，鬆開身邊兩隻杜賓狗的牽繩，讓牠們進去。他看著，暗想：這麼做真夠勇敢，但，聰明嗎？

露西問那兩個男人：「你們有什麼事？」

年紀比較輕的一個先開口。「我們要打電話。」

「為什麼要打電話？」

「他姊姊。」男人往自己後方稍稍比了一下。「出事了。」

「出事？」

「對，很嚴重。」

「是什麼事？」
「寶寶。」
「他姊姊要生小孩？」
「對。」
「你們從哪來？」
「伊拉斯馬斯克勞。」
他和露西互換了一個眼神。伊拉斯馬斯克勞是位於特許採伐區的小村莊，沒電也沒電話。這人的說法也算合理。
「你怎麼不去林務局辦公室打？」
「那邊沒人。」
「你先別動。」露西低聲對他說，再轉向那個男孩：「是誰要打電話？」
男孩指指那個又高又帥的男人。
「進來吧。」她說著打開後門進屋。高個子跟在她後面。過了一會兒，另一個男人忽地大步走過他身邊，也進了屋子。
他剎時知道事情不妙。「露西，快出來！」他大喊，不知是該跟著進去，還是在原地等，這樣至少還可以盯著那男孩。

屋內一片寂靜。「露西！」他又喊，正想進屋，門閂卻「咔」一聲閂上了。

「佩楚斯！」他使出全力扯開嗓門大吼。

那男孩轉身奔向前門。他解開那隻鬥牛犬的牽繩。「去追他！」他高聲下令，狗兒吃力地跟在男孩後面。

他趕到前門，只見男孩拿著讓豆子攀藤的長竿擋在身前，生怕狗撲上來。「吁……吁……吁！」他邊喘氣邊用竿子戳向狗兒。那狗只能原地打轉，不住低吼。

他見狀先丟下那一人一狗，跑回廚房門。那門分成上下兩截，下半部的門沒閂上，他狠踹了幾下把它踢開，再雙手雙膝著地爬進廚房。

他後腦勺隨即挨了一記重擊，但在四肢發軟倒下前，居然還有時間想：*假如我還有意識，應該是沒事吧。*

他只知道有人把他一路拖過廚房地板。之後就昏過去了。

他面朝下趴在冰冷的磁磚地上，想站起來，腿卻不知怎的就是動不了。他再次閉上眼。

他在廁所，露西家的廁所裡。待他昏昏沉沉使勁站起來，發現廁所門上了鎖，不見鑰匙。

他坐到馬桶上，拚命想冷靜下來。屋裡仍是死寂。狗兒在吠，但聽來不是出於激動，而是職責所在。

「露西！」他啞著嗓子喊，又拉高了嗓門：「露西！」

他想踹門，但實在力不從心，加上廁所太小，門太老又太厚實。

所以這一天已經來了，試煉的那一天。沒有預警，沒有華麗進場，就這麼降臨了，而他置身其中。他胸腔中那顆心怦怦跳得好用力，想必他就算腦袋轉動不靈，心裡肯定也有數了。他和他的心，要怎麼挺身接受試煉？

他的孩子落在陌生人手裡。再過一分鐘、一小時，一切就太晚了。無論她此刻遭遇了什麼，都會成為定局，成為過去。然而「現在」一點都不晚。他「現在」非得採取行動不可。

縱使他拚命去聽，屋裡還是沒有動靜。然而只要他的孩子呼喊，不管多微弱，他必然聽得見啊！

他猛拍起門來。「露西！」他大吼。「露西！妳說話啊！」

廁所門突然打開，害他沒站穩。眼前是第二個進屋的男人，比較矮的那個，頸間架著一個一公升裝的空瓶。「鑰匙。」男人只說了這兩字。

「不要。」

男人推了他一把。他一個踉蹌，重重跌坐下去。男人舉起瓶子，漠然的臉沒有半點怒意。他只是照章行事——叫某人把東西交出來。假如得用瓶子砸他才能得手，他也會照做不誤，必要的話砸多少次都可以，砸到瓶子碎了都可以。

「拿去吧。」他說。「都拿去吧。只要放過我女兒。」

男人一語不發接過那串鑰匙，又把他鎖在廁所裡。

他簌簌發抖。好個危險三人組。他怎麼會沒有及時察覺？不過他們也沒傷害他，還沒。這些人會不會只拿房子裡的東西就走人？有沒有可能也放過露西？

屋後傳來一陣聲音。狗叫得愈來愈大聲，愈來愈激動。他站到馬桶座上，透過鐵窗向外看。

那第二個男人帶著露西的來福槍和一個鼓鼓的垃圾袋，消失在屋子轉角。接著是車門關上的聲音。他認得這個聲音——那是他的車。男人再次出現，雙手空空。兩人有那麼一會兒四目相接。「嗨！」男人冷笑道，又喊了些不知什麼。隨即爆出一陣笑聲。不多久，男孩也加入那男人的陣容，一同站在窗下，審視著他們囚禁的俘虜，討論他的命運。

他會講義大利語，也會講法語，但義語和法語都無法在最黑暗的非洲救他一命。他茫然無助，有如眾矢之的，像漫畫中的某個人物，身穿傳教士長袍、頭戴祈禱帽，眼見野蠻人呼喊自己的語言，準備把他丟進沸騰的大鍋中，他僅是雙手互扣，仰頭望天。若說傳教的任務是為了提升精神境界，如此大費周章、竭心盡力，最後留下了什麼？他看不見。

高個男這會兒到了前門，扛著那把來福槍，以純熟的手法拿了一顆子彈上膛，把槍管伸進狗籠。狗群中塊頭最大的德國牧羊犬原本忿忿淌著口水，見狀立刻撲上去咬。一聲重重的槍響，血和腦漿頓時四濺。狗吠聲停了片刻。男人之後又開了兩槍。一隻狗胸部被射穿，當場死亡；另一隻喉嚨開了個大洞，頹坐地上，雙耳低垂，視線跟著那人移動，只是那人根本懶得開那解除痛苦的一槍。

四下一片死寂。剩下的三隻狗無處可躲，退到狗籠最後方，只能原地打轉，輕聲嗚咽。男人也逐一開槍把牠們解決了，只是每隻之間都隔了好一陣子。

腳步聲沿著走道傳來。廁所門又開了。第二個男人站在他面前，他瞄到男人背後是那個穿花襯衫的男孩，正在吃一盒冰淇淋。他奮力推開男人往外走，但才掠過男人身邊，就重重摔了一下。應該是被男人絆倒的——他們肯定踢足球的時候練過。

他四肢大張躺在地上，只覺從頭到腳被淋了什麼液體，雙眼一陣灼痛，他使勁想擦掉。不過這氣味他認得——含甲醇的酒精。他拚命想站起來，卻又被推回廁所。火柴一劃，他頓時浴在冰藍色的火焰中。

他完全想錯了！這些人終究沒有那麼輕易放過他和他女兒！他可能身陷火海，可能命喪於此，但假如他有可能死，那露西也一樣，這才是最可怕的！

他活像瘋子急急拍打自己的臉，著火的頭髮劈啪作響。他在地上翻滾，發出陣陣嚎叫，卻喊不出具體的字句，只有恐懼。他想站起身，卻被硬壓回去。有那麼一瞬間，他忽地看清楚了，眼前是藍色的連身工作服和一隻鞋，鞋尖略往上翹。鞋底透出幾莖草。

一叢火焰在他手背上無聲起舞。他奮力爬起，雙膝著地，把手塞進馬桶。廁所門在他背後關上，鑰匙一轉。

他扒著馬桶，不斷把水往臉上潑，把頭埋進水中。微焦的頭髮有種難聞的氣味。他起身，拍熄衣服上殘餘的火焰。

他把衛生紙沾濕弄成團來擦臉。雙眼刺痛，有一眼的眼皮已經睜不開了。他用手當梳子順了一下頭，只見指尖全是燒焦的灰。頭髮除了一隻耳朵上方還留著一小片以外，應該是全燒光了。整頭頭皮都在痛。所有的地方都在痛，所有的地方都燒掉了。燒了，燒盡。

「露西！」他高喊。「妳在嗎？」

他腦海浮現露西奮力與那兩個藍色連身服的男人掙扎的畫面，拚了命抵抗他們。他痛苦地扭動，想抹去那畫面。

他聽見自己的車發動的聲音，接著是輪胎輾過碎石路的聲音。結束了嗎？他們，難道，真的，走了嗎？

「露西！」他吼著，一遍又一遍，一直吼到他聽出自己的聲音已在癲狂邊緣。

終於，謝天謝地，有鑰匙插進門鎖轉動的聲音。待他推開門，露西已經轉過身去背對他，身上是浴袍，光著腳，頭髮是濕的。

他尾隨她走進廚房，冰箱門大開，食物散了一地。她站在後門口，看著一片狼藉的犬舍。「我親愛的，親愛的！」他聽見她的低語。

她打開第一個狗籠走了進去。喉嚨重傷的那隻狗不知怎的居然還在呼吸。她俯身對狗兒說話，狗兒微微搖了搖尾巴。

「露西！」他又喚了一次，她這才終於把視線轉向他，但隨即皺起眉。「他們到底對你做了什麼？」她問。

「我的小心肝！」他說著，隨她走進狗籠，想抱抱她。她卻扭身掙脫，動作很輕，但很堅決。

客廳亂成一團，他自己的房間也是。東西被洗劫一空——他的外套、高級男鞋，這還只是開始。

他望著鏡中的自己。頭髮只剩下一堆棕色的灰，蓋滿整片頭皮和前額。這層灰下方的頭皮則是發炎的那種粉紅色。他碰了碰皮膚——很痛，而且逐漸滲出分泌物來。一邊眼皮腫到蓋住了眼睛。眉毛全沒了，睫毛也沒了。

他走到浴室，但門是關的。「不要進來。」露西的聲音傳來。

「妳還好嗎？妳受傷了嗎？」

這什麼笨問題。她沒回答。

他打開廚房的水龍頭，用玻璃杯接水，想盡量沖掉頭上的灰。水順著他的背緩緩流下，他打起冷顫。

這種事，在這個國家每個角落，每天、每小時、每分鐘都在發生，他這麼對自己說。你能保住一命，已經很幸運了。此時此刻，沒有被抓進那輛呼嘯而去的車，也沒有頭部中彈葬身水溝底，已經很幸運了。露西也很幸運。這才是最重要的。

擁有東西就代表承擔風險——一輛車、一雙鞋、一包菸。只是東西不夠分，沒有足夠的車、鞋、菸。人太多，東西太少。不管有什麼，反正都得拿出來流通，這樣人人才能有機會享有一時的快樂。理論如此，既然理論都這麼說了，那就這麼相信吧，相信從理論中得到的慰藉。倒不是說人性本惡，人類社會只是巨大的循環系統，這樣的系統要能運轉，與憐憫和恐懼無涉。活在這個國家就是這樣——國家就是系統。不這樣想，人會發狂。車、鞋既然都要流通，女人當然也是。這個系統對女人和女人的際遇，必然安排好了某種位置。

露西從他背後走來，穿著長褲和雨衣。頭髮整個往後梳，洗乾淨的臉空無表情。他定定凝視她。「我的小寶貝，小寶貝……」他喃喃道，忽地一陣熱淚湧上，再也說不下去。

她無動於衷，也毫無安撫他的意思。「你的頭看起來好恐怖。」她說。「去擦點嬰兒油，浴室櫃子裡有。你的車是不是不見了？」

「對，我想他們往伊莉莎白港的方向開了。我得打電話報警。」

「行不通的。他們把電話砸爛了。」

她放他一人在家，自己出門了。他坐在床上等著，儘管已經裹著毯子，還是止不住發抖。一隻手的手腕腫得很大，陣陣抽痛著，只是想不起是怎麼傷到的。天色漸暗。整個下午好似一溜煙過去。

露西回來了。「他們把麵包車的輪胎放了氣。」她說。「我要走去艾汀格家，一下就回來。」講完，她停了一下才開口：「大衛，要是有人問起，你就只講你自己的情況，說你碰上的事就好，可以嗎？」

他不明白她的意思。

「你說你碰上的事；我說我碰上的事。」她又講了一遍。

「妳這樣是不對的。」他才說沒幾個字，嗓子就啞了。

「我不覺得。」她說。

「我的孩子！我的孩子！」他說著，向她伸出雙臂。見她並未走來，他掀開毯子起身，把她擁進懷中。只是她在他臂彎中整個人是僵的，毫無反應。

第十二章

艾汀格是個脾氣不太好的老頭子，講的英語帶著明顯的德語口音。太太已經過世，孩子們回德國去，他是全家唯一留在非洲的。他開了自己那輛三公升引擎的皮卡車和露西一起回來接他，讓露西坐在副駕座。等他的時候車也一直沒熄火。

「嗯，我不管上哪兒都會帶著我的貝瑞塔。」等他們開上葛蘭姆斯鎮路，艾汀格說，還拍了拍自己腰間的槍套。「好處就在你可以救自己一命，因為警察可不會救你，再也不會了，你放心好了。」

艾汀格說對了嗎？假如他當時有槍，就能救露西嗎？他可不認為。假如他當時有槍，搞不好現在已經死了，他和露西都是。

他這才發現自己的手一直在抖，只是抖動的幅度非常之輕。露西則一直呈抱胸姿勢，是因為她也在發抖嗎？

他以為艾汀格要帶他們去派出所，結果露西已經跟艾汀格講了要開去醫院。

「是因為我才去醫院，還是妳？」他問露西。

「你。」

「警察不需要見我嗎？」

「你可以跟他們說的，我也一樣能說。」她回道。「難道有什麼是你能說、我不能說的？」

到了醫院，她大步走進寫著「急診」的門，替他填了表格，帶他坐在候診區，表現得堅強而果決。反觀他，那顫抖似乎已蔓延到他全身。

「要是他們讓你出院，就先在這裡等我一下。」她交代他。「我會回來接你。」

「那妳自己呢？」

她聳聳肩。就算她也在發抖，至少完全沒顯露出來。

他在排隊看診的人龍間找了個位子坐下。一邊是兩個大塊頭女生，或許是姊妹吧，其中一人抱著個不斷呻吟的小孩。另一邊是個男人，手上有塊染血的敷料。他排第十二個。牆上的鐘指著五點四十五分。他閉上沒腫的那隻眼。旁邊那對姊妹花不斷低語——

法文的「chuchotantes」，聽得他逐漸神智恍惚。待他睜開眼，那鐘還是五點四十五分。鐘壞了嗎？沒有。分針忽地動了一下，停在五點四十六分。

過了兩個小時，才有護士叫他名字。但要看這裡唯一的值班醫師還有得等。醫師是個年輕的印度裔女子。

頭皮上的燒傷不算嚴重，醫師說，只是一定要小心避免感染。倒是治療他那隻受傷的眼睛還比較花時間。上下眼皮已經黏在一起，要分開著實疼痛異常。

「你很幸運。」醫師檢查完後對他說。「沒傷到眼睛。萬一那些人用的是汽油，可就是另一回事嘍。」

他走出診間，頭已經上了藥、纏好繃帶；受傷的那隻眼睛上了眼罩；腕上敷著冰袋。他很意外在候診室看見比爾・蕭。比爾比他矮一個頭，見他出來，雙手緊扣他肩頭。「實在太意外了，太可怕了。」他說。「露西現在在我們家。她想親自來接你，但貝芙不答應。你還好嗎？」

「我沒事。就一點燒傷，不嚴重。真不好意思，害你們得照顧我們父女倆，好好一個晚上泡湯了。」

「講這什麼話！」比爾・蕭回道。「朋友是幹麼用的？換成你也會這麼做。」

這句話毫無挖苦的意思，卻始終在他腦中揮之不去。比爾・蕭相信萬一哪天，他，比爾・蕭，被人重重打了頭，身上被人點了火，那麼他，大衛・盧里，會開車到醫院來，身邊沒有報紙之類的東西打發時間，只是靜靜坐著，等著接他回家。比爾・蕭認為，就因為他和大衛・盧里一起喝過茶，大衛・盧里就是朋友，兩人對彼此有照顧的義務。比爾・蕭這樣想，是對是錯？比爾・蕭生在鄉下小鎮，就是離這裡不到兩百公里的漢奇，之後在五金行上班，這輩子根本沒去過什麼地方，哪會知道這世上就是有人不太容易交朋友，對男性間的友誼也抱著存疑的態度？現代英語的「朋友」（friend）一字源自古英語的「freond」，也源於「freon」，「愛」的動詞。在比爾・蕭看來，一起喝茶就代表有愛的牽繫嗎？然而要不是比爾和貝芙夫妻倆，要不是有老艾汀格，要不是有這某種牽繫，此刻的他會在哪裡？在那飽經肆虐的農場，成堆的死狗間，抱著砸爛的電話機。

「實在太可怕了。」比爾・蕭在回程的車上又講了這一句。「太殘忍了。在報上看到這種消息已經夠恐怖了，但是這種事發生在認識的人身上……」他講著直搖頭。「才真的讓你了解事情的嚴重性。簡直是又開戰了嘛。」

他連應一聲都懶了。這天還沒結束，還有各種可能。戰爭、暴行——無論想用哪個詞為這天下個註解，這一天都會把那詞吞進暗不見底的深淵。

貝芙・蕭到門口迎接他們，說露西已經吃了鎮靜劑睡下了，最好別打擾她。

「她去報警了嗎？」

「有，警方也通知轄區了，要找你的車。」

「她看過醫生了嗎？」

「都看了。你呢？露西說你燒傷滿嚴重的。」

「是有燒傷，看起來很嚴重，實際上還好啦。」

「那你應該吃點東西，早點休息。」

「我不餓。」

她幫他放洗澡水，他們家浴缸很大，是鑄鐵製的老浴缸。他在熱氣蒸騰的水中伸展白皙的四肢，想好好放鬆一下。但要出浴缸的時候滑了一下，差點摔倒——原來他和嬰兒一樣孱弱，頭也有點暈。他只得叫比爾・蕭來幫忙，讓別人攙扶著跨出浴缸、擦乾自己的身體、穿上借來的睡衣，這種種屈辱只能自己吞下。之後，他聽見比爾和貝芙低聲交談，心知講的一定是他。

他出院的時候帶了一小罐止痛藥、一包燙傷敷料，還有一個小小的鋁製裝置，可以支撐頭部。貝芙．蕭幫他在滿是貓味的沙發上鋪了臨時的床，沒想到居然很舒適，他不久就睡著了。但半夜他突然醒來，思緒空前清晰。他看到幻想的畫面——露西對他說著：「快來，救我！」那幾字仍在耳際迴盪。在那幻象中她站著，努力伸出雙手，一頭濕髮往後梳，四周一片白光。

他起身，卻撞到一張椅子，椅子頓時飛了出去。燈亮了，貝芙．蕭穿著長睡衣來到他面前。「我得跟露西談談。」他喃喃道，嘴很乾，有點大舌頭。

露西那房間的門開了，和他畫面中的露西完全不同，因為已經睡了一陣子，臉有點腫。她正在繫睡袍的腰帶，顯然不是她的睡袍。

「對不起，我做了夢。」他忙道，只是「幻象」兩字忽然間既嫌過時，也太古怪，說不出口。「我以為妳在叫我。」

露西搖搖頭。「我沒叫你。快回去睡吧。」

她說得對，當然。這會兒可是清晨三點。只是他注意到，這已經是她同一天第二次用對小孩的口吻對他說話——對小孩，或老人。

他想入睡，但辦不到。他對自己說，那肯定是藥效發揮後的作用——那不是幻象，甚至不是夢，只是藥劑產生的幻覺。儘管如此，那片白光中的女人身影依然在眼前。

「救我！」他的女兒大喊，字字清晰，迴盪著，如此急切。露西的靈魂有可能真的離開身體奔向他嗎？不相信靈魂的人仍可能有靈魂嗎？他們的靈魂可能有自己獨立的生命嗎？

離天亮還有好幾小時。他手腕發疼，兩眼灼熱，頭皮刺痛。他小心翼翼打開檯燈，下了床，裹著毯子走到露西房間，推門進去。床邊有張椅子，他坐了下來。他的五感告訴他，她醒著。

他在做什麼？他在守著自己的小女兒，不讓她受傷害，阻絕惡靈侵擾。過了好一陣子，他感覺得出她終於逐漸放下戒備。雙唇微張，輕輕發出「啵」的一聲，接著是一串柔柔的鼾聲。

＊＊＊

隔天早晨，貝芙．蕭幫他準備了玉米片和茶當早餐，隨即進了露西的房間。

「她怎麼樣？」她出來時，他問。

貝芙．蕭只猛然搖了搖頭，像是在說，這不干你的事。月經、分娩、性侵，乃至性侵的後果——都是見血的事，女人的重擔，女人的領域。

他不只一次納悶，女人如果住在都是女人的社群，由自己決定是否接受男性訪客，這樣會不會過得更快樂？也許他不該把露西想成同性戀。她也許只是比較喜歡和女性在一起而已。也或許女同性戀本就如此——她們是不需要男人的女人。

難怪她們對強姦的反應這麼強烈，她和海倫。強姦，混亂與混雜之神，破壞了隱居於世的狀態。強姦女同性戀的傷害比強姦處女更甚，打擊也更大。那幾個男的，他們知道他們幹了什麼好事嗎？話已經傳出去了嗎？

上午九點，等比爾．蕭上班去，他去敲露西的房門。她面牆躺著。他坐在她身邊，輕撫她淚濕的臉頰。

「我知道要談這個真的很不容易。」他說。「妳看過醫生了嗎？」

她坐起身，擤了鼻子。「我昨晚去看了我的家庭醫生。」

「他把所有可能的問題都解決了嗎？」

「是女醫生。」露西說。「不是男的。沒……」她的聲音這時才透出一絲憤怒。「怎麼可能？有哪個醫生可以解決所有可能的問題？用點腦袋好不好！」

他站起來。她要這樣鬧脾氣，那他也可以。「對不起，我不應該問的。」他說。

「今天我們有什麼計畫？」

「我們的計畫？就回農場清理乾淨啊。」

「然後呢？」

「然後就照以前那樣過。」

「住在農場嗎？」

「當然，在農場。」

「理智一點吧，露西。事情不一樣了。我們不能就這樣回去照常過日子。」

「為什麼不能？」

「因為這種想法不妥當。因為這樣做不安全。」

「這種生活本來就不安全，這也不是什麼『想法』，無論妥當不妥當。我不是因為有什麼想法才回去。我就是要回去。」

她穿著借來的長睡衣，坐起來挺身面對他，豎直脖子，雙眼閃閃發光。完全不是父親的小女孩，再也不是了。

第十三章

他們出發回家前，他的傷口得先換藥。他和貝芙・蕭擠在小浴室裡，她幫他把繃帶一圈圈拆開來。他受傷的眼睛還是張不開，頭皮起了水泡，這種燒傷原本可能相當嚴重，所幸他的傷勢還不到那個程度。最痛的是右耳外緣——照那個年輕醫師的說法，這是他全身唯一著火的地方。

貝芙用生理食鹽水幫他沖洗頭皮燒傷後露出的粉色傷口，用鑷子夾起油油的黃色敷料蓋在上面，再細心為他的眼瞼皺摺處和耳朵上藥膏。她做這些事的時候不發一語。他想起診所的那頭山羊，好奇牠是否因為把自己完全交給她這雙手，也同樣和他感受到此刻的平靜。

「好了。」她終於開口，往後站。

他打量著鏡中的影像，頭上的紗布包得像頂小帽，整齊白淨；一隻空洞的眼。「包得真好。」他誇道，心裡想的卻是：真像木乃伊。

他再次提起露西被強姦的事。「露西說她昨天晚上去看了家醫。」

「對。」

「但有可能會懷孕。」他明知沒人願意談，還是繼續說下去：「也有性交感染的可能，還有染上愛滋病的風險。她難道不該去看一下婦科嗎？」

貝芙．蕭不太自在，換了個站姿。「這你得自己去問露西。」

「我問了。但我跟她講不通。」

「你就再問一次吧。」

已經過了上午十一點，但露西一直沒出房門。他漫無目的在院子閒晃，心頭沉沉蒙上烏雲，一來因為自己不知所措，二來，昨天發生的事徹底震撼了他。全身顫抖無力不過是這震撼最初也最表面的跡象。他有種感應，覺得自己深處某個重要的器官已經嚴重內傷、慘遭蹂躪——或許連他的心也難以倖免。他頭一次嘗到身為老人、筋疲力竭、徹底絕望、毫無欲念、對未來完全漠然的滋味。在雞毛和爛蘋果的惡臭籠罩下，他頹然跌坐進一張塑膠椅，覺得對這個世界的興趣正一點一滴從身上流失，也許要花好幾週、幾個月才會徹底流乾，但流失已是不爭的事實。等一切都流乾了，他就會像蜘蛛網上的蒼蠅殼，一碰就碎，甚至比米糠還輕，隨時可能飄逝無蹤。

他無法指望露西伸出援手。露西必須自己想辦法，耐心地默默從黑暗的隧道中走向光明。在她回復正常之前，他得負起打理兩人日常生活的重擔。只是這重擔來得太突然，他毫無準備——農場、菜園、花圃、犬舍。露西的未來，他的未來，這整片土地的未來——他很想說都不管了，就放著讓它爛吧，我無所謂。至於來過這裡的那幾個男人，無論他們在哪裡，他都希望他們得到報應，除此之外，他一點都不願意想到這些人。

這只是某種後遺症，他這麼對自己說，只是這次遇襲後盪漾的餘波。過一陣子，這個有機體就會自我修復，而我，這個藏在有機體內的幽靈，也會回到從前的那個自己。然而他心裡明白事實不然。他對生活的樂趣已慘遭扼殺。他已有如溪上落葉、風中的蒲公英，就此朝著生命的終點飄零。他看得非常清楚，也因此充滿（那怎樣也不肯消失的）絕望。維繫生命的血液不斷從他身上流失，由絕望取而代之，那絕望就像毒氣，無臭、無味、無養分。你吸進去，四肢癱軟，什麼都不在乎了，就連刀架在脖子上的那一刻，你也無所謂了。

門鈴響起，來了兩個一身整齊新制服的年輕警員，準備展開調查。露西從房裡出來，滿臉憔悴，身上還是昨天的衣服，說不要吃早餐。貝芙載他們回農場，警車跟在後面。

狗籠中，幾隻狗兒的屍體還在昨天倒地的位置。那隻叫凱蒂的鬥牛犬也還在附近走來走去。他們瞄到她在馬廄附近躲躲藏藏，始終保持一定距離。佩楚斯則仍不見人影。

進到屋內，那兩個警察脫了帽，夾在腋下。他退到後面，讓露西向他們解釋她篩選後的事情經過。兩人很有禮貌地聽她說，把她講的話一一記下，筆尖也感染了他們的緊張，刷刷在筆記本上挪移。他們和露西是同輩，在她面前卻很是不安，彷彿她是受了什麼汙染的生物，那汙染也很可能跳到他們身上，把他們一併拖下水。

她對警察說，有三個男的，或者說兩個男人、一個男孩。這三人編了套說法騙她，讓她帶他們進屋，還拿走了（她逐一列舉）錢、衣物、電視機、CD播放機、裝了子彈的來福槍。她父親拚命抵抗，這三人就攻擊他，還在他身上倒酒精，想燒了他。接著他們開槍把狗都殺了，開走了他的車。她描述了三人的相貌、穿的衣服，也說明了車的細節。

露西說話的時候一直定定望著他，彷彿想從他身上得到力量，要不就是看他敢不敢反駁她。其中一個警員問：「整件事大概多久時間？」她回答：「二、三十分鐘吧。」

這不是真話，他知道，她也知道。實際上比這還久。多久？看那幾個男的跟這家女主人辦完事得花多少時間。

然而他並沒開口打斷。只要不管就好——露西說明事情經過的時候，他根本沒怎麼在聽。那打從昨晚就在記憶邊緣盤旋的一字一句，開始逐漸有了形狀。那首古老的童詩：兩個老太太鎖在廁所裡／從週一到週六／沒人知道她們在那裡。他的女兒被人占有之際，他被鎖在廁所裡。他小時候背誦的童詩，如今回來指著他訕笑。噢親愛的，有什麼事這樣大驚小怪？那是露西的祕密，是他的恥辱。

那兩個警察小心翼翼在屋內走動，四下檢查。沒有血跡，沒有翻倒的家具。廚房原先的狼藉已經清理乾淨（露西清的嗎？什麼時候的事？）。廁所門後有兩根燒過的火柴，那兩人根本沒注意到。

露西臥室中那張雙人床只剩光禿禿的床墊。犯罪現場，他暗想。那兩名警察彷彿讀出這層心思，別開視線，繼續做他們的事。

不過就是冬日上午一間安靜的屋子。不多不少，如此而已。

「之後會有警探過來採集指紋。」兩名警察離開前說。「盡量不要碰屋裡的東西。

萬一又想起來他們拿走了什麼，再打電話到所裡找我們。」

他們才剛走，修電話的人就來了，接著上門的是老艾汀格。他知道佩楚斯還是不見人影後，不太高興地說：「那些人沒一個能信得過的。」他說會再找個「黑小子」[*]來修那輛麵包車。

他看過露西一聽人說「黑小子」就勃然大怒的樣子。但此刻露西毫無反應。他送艾汀格出門。

「可憐的露西。」艾汀格嘆道。「發生這種事，真是太慘了，不過這不算最慘的。」

「是嗎？怎麼說？」

「他們也有可能把她抓走。」

這句話令他頓時語塞。艾汀格顯然是個老江湖。

這一連串忙完了，終於只剩下他和露西。他主動提議：「我去把狗兒埋了，妳跟我說埋哪裡就好。」又問：「妳要怎麼跟狗主人說？」

---

* 譯註：原文boy，南非對非裔黑人男性的汙辱語，不分年齡及社經地位。

「我會跟他們說實話。」

「妳的保險有包含這個嗎？」

「不知道。我不知道保險有沒有包括大屠殺。我得研究一下。」

兩人沉默了片刻。「妳為什麼不把全部的經過講出來，露西？」

「我講的就是全部的經過。整件事就是我講的那樣。」

他疑惑地搖搖頭。「我相信妳這麼做有妳的理由，可是如果想遠一點，妳確定這樣處理最好嗎？」

她沒回答，他也沒再多說，至少先暫時打住。然而他的思緒卻放在那三個闖進他家的人身上，那三個侵襲他家的人，他這輩子也許不會再看到的人，卻從此永遠成為他生活的一部分，也是他女兒生活的一部分。這幾個男的會看報紙，聽八卦。他們會在報上看到自己被通緝，因為犯了搶劫與傷害罪，僅此而已。接著他們才會恍然明白，沉默就像毯子蓋在那女人身上。太丟臉了，於是他們交頭接耳：太丟臉了，講不出口，再得意洋洋吃吃笑著，回味自己當時何等勇猛。露西會願意承認他們贏了嗎？

他在露西指定的地方挖起坑來，就在這片地的邊界附近。他要為六隻成年的大狗掘一座墓——儘管這裡的土最近才犁過，要挖出這樣的坑還是花了他快一小時。等挖完，已經腰瘦背痛，手臂也瘦，傷到的手腕又痛起來。他用做園藝的手推車把狗兒的屍體運到坑邊。喉嚨上有個大洞的那隻狗依然齜牙咧嘴，齒上血跡斑斑。幹掉這些狗兒簡直是甕中捉鱉，他想。這麼做固然很卑劣，但應該也很爽吧，畢竟這個國家把狗訓練成一聞到黑人的氣味就吠個不停。一個下午就有大豐收，怎能不樂得暈陶陶，正如復仇的滋味。他把狗屍逐一丟進坑中，再把坑填起來。

等回到屋裡，他發現露西在泛著霉味的小儲藏室架行軍床。

「這要給誰睡？」他問。

「我自己睡的。」

「不是有間空房間嗎？」

「那邊的天花板沒了。」

「後面那間大房間呢？」

「那邊有冷凍櫃，太吵了。」

這不是實話。後面那間房間的冷凍櫃幾乎沒什麼聲音。是因為冷凍櫃裝的東西，露西才不想睡在那邊——動物內臟、骨頭，肉販賣的豬、牛、羊肉等，都是用來餵狗的，只是如今再也用不著了。

「睡我那間吧。」他提議。「我來睡這裡。」說完立刻回房收拾自己的東西。但他真的想搬進這小到不行的空間嗎?牆角堆滿了裝著空果醬瓶的紙箱,牆上只有一扇向南的小窗。倘若侵犯露西的那幾個人的鬼魂仍在她臥室盤桓不去,那當然得把他們統統趕走,不許他們把這兒當成自己的祕密基地。於是他把自己的東西搬進露西的房間。

夜色漸暗。兩人都不餓,但還是照常吃飯。吃飯是儀式,儀式會讓日子好過點。

他盡可能用溫和的語氣舊話重提:「我最最親愛的露西,妳為什麼不願意講出來?這是犯罪事件,成為別人的犯罪目標,沒什麼好可恥的,又不是妳自己選擇成為那個目標。妳是無辜的。」

坐在他對面的露西這時深吸一口氣,整理好情緒,才呼出那口氣,搖搖頭。

「那我來猜妳不願意講的理由好了。」他說。「妳是想提醒我什麼嗎?」

「我想提醒你什麼?」

「男人害女人承受的痛苦。」

「正好相反。這跟你一點關係都沒有,大衛。你想知道我為什麼不跟警方說他們犯了某種罪?我會告訴你,只要你答應再也不提這件事。原因是,在我看來,發生在我身上的事完全是私事。假如換個別的時間、別的地方，或許大家會覺得這是公眾的事。然而在這個地方、這個時間並不是。這是我的事，我一個人的事。」

「這個地方是指哪裡？」

「這個地方就是南非。」

「我不贊成。我不認同妳這種處理方式。難道妳覺得，只要妳逆來順受，就能讓妳和艾汀格那種農夫有什麼不同嗎？妳是把這裡發生的事當成什麼試驗嗎？只要妳考過了、拿到文憑，就能保證以後平安無事？還是可以得到什麼特殊標記，漆在門楣上，瘟神就會放過妳？復仇不是用這種方式，露西。復仇就像火，它吞噬的東西愈多，只會愈飢渴。」

「別說了，大衛！我不想聽什麼瘟神和火之類的東西。我不只是為了救自己一命而已。假如你以為是這個原因，那就完全搞錯重點了。」

「那妳就幫幫我，讓我了解重點在哪裡。妳是想達成某種形式的個人救贖嗎？還是希望用忍受現在的苦，補償過去的罪孽？」

「不是。你老是誤解我的意思。罪惡感和救贖都是抽象的概念。我做事不是基於抽象的概念。你得用心去了解這一點，否則我幫不了你。」

他想回話，卻被她打斷。「大衛，我們說好的。我不想再談下去了。」

他們父女倆的距離從未如此遙遠，如此針鋒相對而疏離。他覺得天在眼前塌了下來。

第十四章

新的一天。艾汀格打電話來，主動說要借他們槍「就這陣子用」。「謝謝你。」他回道。「我們考慮一下。」

他拿出露西的工具，使出渾身解數修理廚房的門。他們應該裝上鐵窗、防盜柵門，在這片地四周豎起圍籬，就像艾汀格家那樣。他們應該把這座農舍變成堡壘。露西應該買把手槍和雙向對講機、上射擊課。但她有可能接受這種安排嗎？她之所以在這裡，是因為她愛這片土地，愛這種老派的「ländlich」（德文：鄉下）生活方式。倘若這種生活注定是絕路，還有什麼讓她去愛？

凱蒂經他們一陣哄勸，終於願意離開藏身之處，在廚房裡安頓下來。她總是無精打采，宛如驚弓之鳥，始終跟在露西腳邊進進出出。生活瞬息萬變，與過去再也不同了。

這間屋子也變得陌生，讓人玷汙了。他們始終戰戰兢兢，凝神聽著風吹草動。

之後，佩楚斯回來了。有輛老卡車哼哼唧唧開上坑坑洞洞的車道，停在馬廄旁。佩楚斯從駕駛室開門下來，穿了套緊得過頭的西裝，跟在後面的是他太太和卡車司機。兩個男人從卡車後方卸下一堆紙箱、做了防腐處理的木桿、鐵皮屋用的鍍鋅鐵皮、一大捆配管用的塑膠管，最後在一團喧鬧騷動中出現的，是兩頭還沒成年的綿羊。佩楚斯把牠們拴在圍籬的柱子上。等貨全部卸下，卡車繞了馬廄一大圈，呼嘯著開上車道。佩楚斯和他太太進了馬廄。一縷輕煙從石綿製的煙囪裊裊升起。

他按兵不動看下去。過了一會兒，佩楚斯的太太出現，帶著便桶，大剌剌把桶子倒乾淨，動作純熟俐落。好個健美的女人，他暗想，長裙配上盤得高高的頭巾，十足鄉村風格。健美的女人，幸運的男人。只是，他們之前到底上哪兒去了？

「佩楚斯回來了。」他對露西說。「帶了一堆建材回來。」

「那好。」

「他怎麼沒先跟妳打聲招呼說要出門去？他就那麼剛好在這時候不見人影，妳不覺得很可疑嗎？」

「我又沒法使喚佩楚斯。他是他自己的主人。」

這是哪門子邏輯？不過他沒多說。他已經決定暫時不過問露西的所作所為。

露西仍然不與人往來，也不表露情緒，對身邊的一切都沒有興趣。儘管他對務農一無所知，把鴨放出鴨舍、學習熟練操作洩水系統、導水灌溉免得園子乾涸的人，都是他。露西在床上一躺就是好幾小時，不是發呆，就是翻看滿坑滿谷的舊雜誌。她總是看沒多久就不耐地翻頁，彷彿在找尋其實並不在雜誌裡的東西。《德魯德疑案》已不知去向。

他發現佩楚斯出現在蓄水池旁，穿著連身工作服。他回來了，卻沒過來跟露西說一聲，實在有點奇怪。他索性慢慢走過去，兩人打了招呼。「你應該聽說了，星期三，你不在的時候，我們被人搶了，損失很慘重。」

「有。」佩楚斯回道。「我聽說了。實在很糟糕，太糟糕了。不過你現在人還好嘛。」

他好嗎？露西好嗎？佩楚斯這句話是問句嗎？聽起來不像問問題，但按照常理，他沒法解釋成別的可能。問題在於，答案是什麼？

「我還活著。」他說。「如果說活著就算好的話，我想。所以，對，我很好。」他講到這裡打住，等著，讓那陣沉默略略發酵，佩楚斯應該會為了打破那沉默，丟出下一個問題：露西都好嗎？

他沒料中。「露西明天會到市集去嗎？」結果佩楚斯問的是這一句。

「我不知道。」

「因為要是她不去的話，她那個攤位就沒嘍。」佩楚斯說。「恐怕。」

他就照樣跟露西說了。「佩楚斯想知道妳明天要不要去市集。他擔心妳那個攤位可能保不住。」

「要不就你們兩個去吧？」她說。「我不想去。」

「真的嗎？妳一週沒去，有點可惜。」

她沒作聲，轉過臉去不讓他看見，他明白。因為屈辱，因為羞慚。這正是他們家那幾個訪客造成的；這正是他們對這名自信的現代年輕女性造成的影響。這件事就像汙點傳遍全區。傳開的不是她的說法，而是他們的——他們才是這件事的主人，可以決定把她放在哪個位置，決定用什麼方式讓她明白女人的用處。

＊＊＊

他現在只剩一隻眼睛，頭上又像戴了頂白紗布帽，自己也對在大庭廣眾之下露面有點畏怯。只是為了露西，他還是硬著頭皮去了市集，和佩楚斯並肩坐著一起顧攤位，忍受好奇之人投來的目光。露西有些朋友來表達慰問之意，他也一一禮貌回應。「對，我們的車沒了。」他說。「狗也都沒了，當然。只剩一隻。喔不，我女兒很好，只是今天人不太舒服。沒耶，我們其實不抱希望，警方根本忙不過來，我想你也知道。好，我一定會轉告她。」

他在《先驅報》上看到關於他們的報導，上面把這幾個男的稱為「身分未明的暴徒」。「三名身分未明的暴徒，於薩林鎮外某小型農場攻擊該農場主人露西・盧里小姐及其老父，並搶走衣物、家電和槍枝後逃逸。不尋常的是三名搶匪射殺了現場的六隻看門狗，再駕駛車牌號碼 CA 507644、一九九三年的 Toyota Corolla 逃逸。盧里先生受了輕傷，經『定居者醫院』治療已返家休養。」

他很慶幸報導中沒把「盧里小姐之老父」連結到「大衛・盧里」——自然詩人威廉・華茲華斯的門徒；不久前還是開普科技大學的教授。

講到實際擺攤做生意，他能做的也不多。以高效率迅速布置好攤位、清楚各項商品售價、收錢找錢的，都是佩楚斯。他只坐在攤位暖手，實際做事的都是佩楚斯。就像過去那年代——「baas en Klaas」（南非荷文：主人與僕人）。只是他不會理所當然以為自己可以使喚佩楚斯。佩楚斯做的是原本就得做的事，僅此而已。

然而他們今天的進帳變少了，連三百蘭特都不到。一定是因為露西沒來的緣故。一箱箱的花、一袋袋蔬菜都得搬回麵包車。佩楚斯搖搖頭。「不好。」他說。

佩楚斯目前為止仍沒解釋自己為何消失了一陣子。佩楚斯有自由來去的權利；他也行使了那權利；他有權什麼都不說。但有些問題不會因此消失。佩楚斯知道那幾個陌生人是誰嗎？是不是因為佩楚斯說了什麼，那些人才會看準露西下手，而不是去找——嗯，艾汀格？佩楚斯早就知道這些人盤算什麼嗎？

從前那年代，要是碰上這種事，大可去找佩楚斯問個清楚。從前那年代，大可發頓脾氣，叫佩楚斯捲鋪蓋走路，再找個人來接替他的位子就好。只是，儘管佩楚斯有領工資，嚴格說來卻再也不是受雇的幫手。嚴格說來，也很難定義佩楚斯現在到底是什麼身分。然而真要講的話，最接近的詞應該是「鄰居」吧。佩楚斯是鄰居，只是現階段正好願意出賣自己的勞力，因為這麼做符合他的需求。他出賣自己的勞力是因為依照契約，不成文的契約，而且這份契約中並沒有「因生疑而解雇」的條文。他、露西、佩楚斯，他們如今活在一個新世界了。佩楚斯明白這點，他也明白，佩楚斯也知道他明白。

儘管如此，他覺得和佩楚斯相處起來很自在，甚至願意喜歡他，雖然謹慎起見，他多少有所保留。佩楚斯和他同輩，過去必然吃了不少苦，也一定有好些曲折的際遇。他倒是不介意哪天聽聽佩楚斯的故事，只是但願不要落得簡化成英文的地步。他愈來愈覺得以傳達南非的真相而言，英文是很不稱職的媒介。一段段有整句那麼長的英文符碼，已經層層堆疊、難以參透，失去了原本的清晰、精確、條理。這種語言就像逐漸凋零、只能棲身泥塘中的恐龍，已然僵化。倘若硬要把佩楚斯的故事壓進英文的模子，出來的成品八成只會像發炎的關節難以動彈，古板而過時。

佩楚斯最吸引他的地方就是臉，他的臉，他的手。假如世上真有所謂的苦幹實幹，那從佩楚斯身上可以看得很明顯。有耐性、有精力、有韌性。農人，法文說的「paysan」，鄉下人。工於心計，詭計多端，說謊肯定不眨眼，農人走到哪裡都一樣。勞動和耍詐的時候同樣苦幹實幹。

他對佩楚斯長遠的打算自有存疑之處。佩楚斯不會甘於這輩子只能犁那區區一公頃半的地。露西比起她那些吉普賽風的嬉皮朋友，是有可能撐得久一點，但在佩楚斯眼裡，露西仍是個小角色：就只是閒暇時來玩票，算不上農夫，只能說是熱愛農家生活的人。佩楚斯想的是應該是哪天接管露西的地，再把艾汀格的地也拿過來，或者吃下一部分也可以，只要面積足夠放養他的牲口就好。艾汀格這人比較難搞。露西在這兒只是過客，艾汀格則同樣是農夫，是靠土地吃飯的人，老古板，德文所謂的「eingewurzelt」。但艾汀格說不定哪天就死了，唯一的兒子又早已遠走高飛。這方面艾汀格可就不聰明了。好農夫一定會想辦法生一堆兒子。

佩楚斯對未來有自己的藍圖，露西這種人絕對不在他想像的畫面中。但也用不著因為這樣就把佩楚斯當敵人。鄉下生活向來就是鄰居之間互相算計，暗暗盼著對方發生蟲害、作物歉收、財務危機，但假如真有急難之時，他們又樂於伸出援手。

若真要往壞處想，最不堪的可能就是佩楚斯雇用那三個陌生男子，要他們給露西一點教訓，他們這趟得手的東西就當作報酬。只是他無法相信事情有這麼簡單。他猜想事情的真相可能更——（他在腦中轉著該用哪個詞）「人類學層面」，大概得花上好幾個月弄清楚，要很有耐心和不同的人慢慢談，八成也得去幾趟口譯員的辦公室。

不過換個角度，他很肯定佩楚斯早知道有事會發生，也覺得佩楚斯大可先提醒露西一聲。正因如此，他不想讓這件事就這樣過去。正因如此，他一直去煩佩楚斯。

佩楚斯已經把混凝土蓄水池中的水全部放空，正在清除池中的藻類。這實在不是什麼愉快的差事，但他還是主動說要幫忙。他把雙腳奮力擠進露西的橡膠靴，爬進蓄水池，小心翼翼踩著滑溜溜的池底。他和佩楚斯一起又刮又刷，鏟起汙泥。這樣忙了好一陣子，他忽地停了下來。

「你知道嗎，佩楚斯。」他終於開口：「我很難相信闖進我們家的那幾個男的是陌生人。我也很難相信他們就這麼突然出現，幹了他們幹的那些事之後，就像鬼一樣消失了。我更難相信這些人對我們下手，只因為我們是他們那天最先碰到的白人。你覺得呢？我講錯了嗎？」

佩楚斯有抽菸斗的習慣，那支菸斗是很老的款式，斗柄末端有個彎勾，放菸草的凹槽頂部有銀色的小蓋子。這時他站直身子，從連身工作服的口袋中掏出菸斗，打開蓋子，把菸草塞進斗缽中壓實了，也不點火，就這麼吸起來。他若有所思，視線越過蓄水池壁，越過山丘，越過廣闊的鄉間。臉上的表情無比祥和。

「警察一定會找到他們的。」佩楚斯終於回了話。「警察一定會找到他們，把他們關進大牢。這是警察的工作。」

「可是萬一沒人幫忙，警察應該也找不到他們。那幾個男的知道林務局辦公室的情形。我很確定他們也了解露西的情況。要是他們對這區一點都不熟，怎麼會知道這些事？」

佩楚斯決定不把這些話當成問句，只是把菸斗收進口袋，放下鏟子改拿掃帚。

「這不是單純的竊盜案，佩楚斯。」他還是不死心。「這些人來這裡不只是為了偷東西。他們來這裡，不只是為了把我傷成這樣。」他摸了摸身上的綳帶，碰了下眼罩。「他們還做了些別的。你懂我意思，就算你不懂，一定也猜得到。在他們幹了那些事之後，你沒辦法指望露西像以前那樣安安穩穩過日子。我是露西的父親。我希望那些人能被抓起來，接受法律的制裁。我這樣想錯了嗎？我想要正義，錯了嗎？」

這時的他已經不在乎要怎樣才能讓佩楚斯開口。他只想聽佩楚斯怎麼說。

「沒有。你沒有錯。」

一把怒火燒遍他五臟六腑，力道之猛完全出乎他意料。他拿起鏟子，把池底一整片汙泥和雜草全部鏟起，往背後一甩，越過池壁。你幹麼把自己搞得發這麼大的火？他邊做邊暗罵自己：別這樣！然而此刻的他實在很想一把掐住佩楚斯的脖子，想對他大吼：萬一換作是你太太，你才不會在那裡抽菸斗，那麼小心斟酌用字！「性侵」——這才是他想逼佩楚斯說出口的詞。對，這是性侵，他想聽佩楚斯親口說，對，這簡直人神共憤。

沉默著，肩並肩，他和佩楚斯一同完成了清理工作。

＊＊＊

他在農場就是這麼過日子。幫佩楚斯清理灌溉系統；努力不讓園子從繁茂變荒蕪；把要拿去市集賣的農產品裝箱裝袋：到診所幫忙貝芙．蕭。在家掃地、煮飯，露西再也不做的事都由他做，從破曉忙到黃昏。

他受傷的那隻眼睛好得意外的快，僅僅過了一週，又可以用那隻眼睛看東西了。燒傷則得花更久時間才能復原。他頭上還是包著紗布，耳朵上纏著繃帶。不包繃帶的時候，那耳朵就像暴露在外的粉紅色軟體動物——他不知自己何時才有勇氣在眾目睽睽下露出那隻耳朵。

他為遮陽買了頂帽子，某種程度也是為了藏起自己的臉。他很努力想習慣自己的這副怪模樣，或者比「怪」更不堪，就說「令人作嘔」吧——就是小孩會在街上傻傻盯著看的，那種可憐的怪物。「為什麼那個人長得那麼怪？」小孩會問媽媽，媽媽會叫他們別講了。

他盡可能不去薩林鎮的商店購物，只有週六才去葛蘭姆斯鎮。驟然間他成了隱士，鄉間的隱士。四處遊蕩的日子已劃下句點。縱使心仍有愛，明月依舊晶亮*。誰會想得到結束得這麼快、這麼突然——遊蕩的日子！縱情去愛的日子！

他覺得他們不幸的遭遇應該不會傳到開普敦的八卦圈。儘管如此，他還是希望蘿莎琳不要聽到轉傳後扭曲的版本。他打過兩次電話，都沒找到她。第三次，他改打到她上班的那間旅行社，同事說她去馬達加斯加勘景，還給了他首都安塔那那利弗某間飯店的傳真號碼。

於是他寫了封短訊：「露西和我運氣不好，出了點狀況。我的車被偷了，也和人起了衝突，受了點傷。但事情不嚴重——我們倆雖然都受了驚嚇，但人沒事。想到流言有可能傳開來，我覺得還是先讓妳知道比較好。祝妳出差愉快。」他先給露西看過，才請貝芙．蕭幫忙發出去，給身在黑暗非洲的蘿莎琳。

露西的情況沒有好轉。她整晚都醒著，說是睡不著。到了下午他就會發現她睡在沙發上，拇指塞在嘴裡，像個孩子。她對食物已經毫無興致，得由他來哄她吃飯，由他來做自己也不熟悉的菜給她吃，因為她拒絕吃肉。

這不是他當初來這裡的目的啊——被困在窮鄉僻壤、驅逐惡魔、照顧女兒、打理奄

* 譯註：出自拜倫的詩〈於是我們不再遊蕩〉（So We'll Go No More a Roving）。

奄一息的生意。如果說他來這裡有其目的，那也是養精蓄銳，重整旗鼓。但如今他只覺逐漸迷失了自己，日復一日。

惡魔沒放過他。他有自己的惡夢，夢中的他不是倒臥血泊，就是無聲喘著、吶喊著，狂奔逃離某個男人。男人有張好似老鷹的面孔，像是戴了非洲貝寧面具，又像古埃及托特神。有一晚，他在半夢遊半癲狂的狀態下，把自己的床單被單全拆了，甚至把床墊翻過來，只為了看有沒有那次事件後留下的汙漬。

還有那個拜倫的寫作計畫。他從開普敦帶了些書來，但現在手邊只剩下兩冊書信集——其餘的書都裝在他車上的行李廂，但是車已經被偷了。葛蘭姆斯鎮的公共圖書館關於拜倫的藏書只有詩選集。不過，他有必要繼續看這些書嗎？他還需要再多了解拜倫和友人怎麼在古老的拉文納消磨時光嗎？此時的他，難道不能自創一個忠於拜倫本色的拜倫嗎？也自創一個泰瑞莎？

真要老實說的話，他這計畫一直拖著，已經好幾個月了——拖延著那個不得不面對滿紙空白、寫下第一個音符、看看自己到底有多少本事的時刻。某些戀人二重唱、聲部旋律、女高音和男高音的片段，已深印在他腦海，沒有歌詞，只如蛇般彼此交錯又纏繞。沒有高潮的旋律、蛇鱗片滑過大理石階梯的窣窣聲，還有那戴綠帽的丈夫所唱的男低音，從背景陣陣傳來。莫非這陰鬱的三重奏最後會在此地誕生——不在開普敦，而是古老的卡夫拉里亞[*]？

* 譯註：Kaffraria，指非洲東南部沿海地區，過去為葡萄牙與英國殖民地，尤特指十九世紀此地區由科薩語人士居住的區域，屬今日東開普省。

第十五章

那兩頭還小的綿羊整天被拴在馬廄旁，四周全是光禿禿的地。牠們以穩定的節奏發出毫無變化的咩咩叫聲，聽得他心浮氣躁，忍不住去找佩楚斯。佩楚斯面前擺著一輛倒放的腳踏車，他正忙著修理。「那兩頭綿羊……」他說：「你不覺得可以把牠們拴在吃得到草的地方嗎？」

「牠們是開派對要用的。」佩楚斯回道。「禮拜六我就會宰來給大家吃。你和露西一定要來喔。」他把雙手擦乾淨。「請你和露西一起來參加。」

「禮拜六？」

「對，我禮拜六要開派對。很大的派對喲。」

「謝謝你。不過，就算那羊是派對要吃的，你不覺得應該讓牠們吃點草嗎？」

過了一小時，兩頭羊還是拴在原地不斷哀鳴。佩楚斯不見人影。他實在被煩得受不了，索性過去解開繩子，把牠們拖去蓄水池旁，那邊有大片的草地。

羊喝了很久的水，才安然吃起草來。兩頭羊都是黑頭黑臉的波斯種，無論體型、斑塊，甚至連動作都一模一樣。雙胞胎大多一生下來就注定成為刀下亡魂。嗯，沒什麼好大驚小怪的。這世上哪來老死的羊？羊不是自己的主人，命也不操在自己手上。牠們存在就是為了讓人利用，身上每寸都不放過——肉可以吃，骨頭壓碎成骨粉餵家禽，全身無一倖免，或許唯一的例外就是沒人要吃的膽囊。笛卡兒早該想到這點。靈魂懸在黑暗苦澀的膽囊中，躲藏著。

「佩楚斯邀我們去他的派對。」他對露西說。「他幹麼開派對？」

「我覺得應該是因為土地過戶吧。下個月一號就正式轉到他名下了，那可是他的大日子。我們至少應該去露個面，送個禮。」

「他要把那兩頭羊宰了。我覺得兩頭羊應該不夠大家吃。」

「佩楚斯是小氣鬼。照以前的作法應該殺一頭牛。」

「我不太喜歡他做事的方法——把要宰的動物帶回家，還讓之後要吃這些動物的人看到牠們。」

「那你想怎樣？要殺就去屠宰場殺，眼不見為淨？」

「沒錯。」

「醒醒吧，大衛。這裡是鄉下。這裡是非洲。」

這陣子露西的態度有點衝，他想不出理由。碰上這種時候，他的反應都是默默吞下，什麼也不說。偶爾會有些時候，他們倆即使在同一屋簷下，也好似陌生人。

他告訴自己一定要有耐心，露西還活在那次事件後的陰影中，需要一段時間才能回復正常。可是，萬一他想錯了呢？萬一在遭受那樣的傷害之後，人永遠無法回復正常呢？萬一那樣的暴行讓人徹底改變，變得更憂鬱陰沉呢？

要是往更壞的地方想，露西情緒波動這麼大可能還有個原因，這念頭始終在他腦中揮之不去。「露西。」他和露西講到派對的同一天，連自己也沒想到，就這麼脫口而出：「妳沒什麼事情瞞著我吧？那幾個男的沒害妳染上什麼吧？」

沙發上的她穿著睡衣和睡袍，正在和貓玩。時間已經過了中午。那隻貓年紀還小，機靈又好動，簡直靜不下來。露西在貓眼前拎著睡袍的腰帶逗牠。貓對著腰帶頻頻出手，動作敏捷，小掌輕揮，一、二、三、四。

「那幾個男的？」露西回道。「哪幾個男的？」她把腰帶甩向一邊，貓隨即撲了過去。

哪幾個男的？他的心臟頓時停了。她是神智不清嗎？還是不願意想起來？不過看樣子露西只是故意鬧他。「大衛，我不是小孩子了。我看過醫生、做了檢測，一般該做的都做了。現在只能等了。」

「這樣啊。妳說『等』，等的是我想的那個意思嗎？」

「對。」

「那大概要多久？」

她聳聳肩。「一個月。三個月。比三個月更久吧。科學沒限制人要等多久。搞不好等一輩子吧。」

貓忽地朝腰帶猛撲，只是此時遊戲已然結束。

他坐到女兒身邊。貓跳下沙發，悻悻然走開了。他握住她的手。現在他離她這麼近，有股淡淡的，滯悶的，沒洗澡的氣味朝他襲來。「再怎樣也不會是一輩子，我的小寶貝。」他說。「至少妳不會等一輩子。」

＊＊＊

當天那兩頭羊後來都在蓄水池一帶，也就是他拴住牠們的地方，隔天早晨則又回到馬廄旁那塊光禿禿的地。

牠們應該能活到週六早上，只有兩天的時間。生命的最後兩天要這樣過，也未免太悲慘。鄉下的方式——這是露西對這類事情的形容詞。他用的詞則是：冷漠無情、鐵石心腸。如果鄉下人可以對都市人妄下定論，那都市人當然也可以對鄉下人有意見。

他想過要不要乾脆跟佩楚斯買下這兩頭羊，但這又能解決什麼問題？佩楚斯只會用這筆錢再去買新的動物殺來吃，賺這中間的差價。再說他把羊買來，固然能讓牠們不再任人宰割，但他該怎麼處理牠們？把牠們帶到大馬路上放生？還是讓牠們住進狗籠，餵牠們吃乾草？

他和這兩頭波斯羊之間似乎已生出某種牽繫，他不知怎麼會這樣。這種牽繫並非出於情感，甚至不是與這特定的兩頭羊的牽繫——倘若牠們混在野外的羊群中，他絕對認不出來。儘管如此，突然之間沒來由的，這兩頭羊的命運已對他產生重要的意義。

烈日下，他站在羊面前，等著腦中的雜音平靜下來，等著某個暗示。

有隻蒼蠅想鑽進其中一頭羊的耳朵。那耳朵抽動了一下。蒼蠅飛起，兜了個圈，又回來停在耳朵上。耳朵又動了一下。

他上前一步。兩頭羊緊張起來，不約而同往後退，把繫住牠們的鍊子拉到極限。

他想起貝芙．蕭和那頭睪丸壞死的老公羊，她用頭輕輕頂著他，溫柔撫摸著他，安慰他，走入他的生命。她怎麼做得這麼好？怎麼才能和動物做到這種程度的情感交流？他沒有這種本事。肯定只有某種人才有辦法，或許，是沒那麼多包袱的人。

春日的豔陽熱辣辣曬在他臉上。我非改變不可嗎？他想著。我得變成像貝芙．蕭那樣嗎？

於是他對露西說了。「我一直在想佩楚斯這個派對的事。整體考量過後，我還是不去了。這樣會不會讓人覺得我很沒禮貌？」

「跟他要宰的羊有關嗎？」

「是。不是。我的想法沒變，如果妳是指這個的話。我還是不認為動物的生命有完整的個體性。在我看來，牠們之中誰能活、誰得死，不值得我們痛苦傷心。可是……」

「可是？」

「可是，這兩頭羊一直讓我心神不寧，我也說不上來為什麼。」

「這個嘛，佩楚斯和他請的客人，絕對不會因為尊重你、體諒你這番心思，就不吃羊排喔。」

「我也沒這個意思。我只是不想參加那個派對，至少這次不要。對不起，我也沒想到自己居然會講這種話。」

「上主作為何等奧祕*呀，大衛。」

「別取笑我啦。」

＊＊＊

週六快到了，又是市集日。「我們要擺攤嗎？」他問露西。她只把肩一聳。「你決定吧。」她回道。他就沒去了。

他不質疑她的決定。老實說他還鬆了一口氣。

週六那天，佩楚斯的慶祝活動準備工作在中午展開。有六個女人成群前來，個個盛裝打扮，在他看來就像上教堂。她們在馬廄後方生火，不久那邊就飄出水煮動物內臟的臭味。他因此判斷那該做的已經做完了，還做了兩次，一切都結束了。

＊ 譯註：出自同名讚美詩（God Moves in Mysterious Ways）。

他該為此哀悼嗎?哀悼從來不知哀悼為何物的生命，符合常規嗎?他望進自己內心深處，只找到模糊的哀傷。

太近了，他暗想：我們住得離佩楚斯太近了，簡直就像和陌生人同居一室，雞犬相聞，氣息互通。

他去敲露西臥室的門。「想出去走走嗎？」他問。

「謝謝，不過我不想去。帶凱蒂去吧。」

他就帶著那隻鬥牛犬出門，只是她動作實在太慢又一臉不爽，終於把他惹毛了，索性把她趕回農場，自己出去走了一圈，大約八公里，而且刻意走得飛快，存心把自己累垮。

到了下午五點，派對的賓客們紛紛抵達，有的開車來，有的坐計程車來，有的直接走來。他在廚房窗簾後靜靜觀察著。這群客人大多和主人同輩，古板的老實人。倒是有個老太太，佩楚斯特別費心接待——他一身藍色西裝，搭配略顯俗豔的粉紅襯衫，從屋裡一路走出去迎接她。

天黑後，年輕一輩的賓客們也來了。隱約的交談、笑語和音樂隨著微風傳來。那音樂讓他想起自己在約翰尼斯堡的年少時光。他暗想：看這情況，好像也沒那麼糟嘛——

氣氛甚至還滿歡樂的。

「該走了。」露西說。「你要不要一起去？」

她一反平日，穿了及膝洋裝和高跟鞋，戴了上漆的木珠項鍊和同款式耳環。他一時說不出自己是否喜歡她這樣打扮。

「好吧。我去。我隨時都可以出發。」

「你沒帶西裝來嗎？」

「沒。」

「那至少打個領帶吧。」

「我們不是在鄉下嗎？」

「就因為是鄉下，才更要穿正式一點。今天可是佩楚斯的大日子。」

她拿著小手電筒，兩人一起沿著通往佩楚斯家的小徑走。父女倆手挽手，露西負責照路，他拿著他們要送的禮物。

佩楚斯家的門敞開著，他們在門口待了片刻，臉上掛著笑容。雖然不見佩楚斯人影，倒是有個一身派對衣裙的小女孩過來帶他們進屋。

這座老舊的馬廄既沒有天花板，也沒有像樣的地板，但至少很寬敞，也至少有電。

還好有幾盞套了燈罩的燈，外加牆上掛的畫和照片（梵谷的向日葵、崔奇科夫筆下的藍皮膚女子、珍芳達在《上空英雌》一片中的戲服劇照、明星足球員庫馬洛進球得分的英姿），沖淡了家徒四壁之感。

全場只有他們父女是白人。已經有人聞樂起舞，是他聽過的老派非洲爵士樂。旁人不時對他們投以好奇的眼神，也或許只是對他頭上包的紗布好奇。

在場有些女性是露西認識的，露西就幫大家互相介紹，接著佩楚斯就在他們身邊出現了。他並未扮演殷勤的主人，也沒主動端酒給他們，反倒說：「沒狗了。我再也不是『狗—人』嘍。」露西決定把這句話當玩笑，如此場面倒也好似一團和氣。

「我們帶了東西給你。」露西說。「不過也許應該給你太太比較合適，是家用品。」

佩楚斯隨即叫正在廚房（假如他們要這麼稱呼那地方的話）忙的太太過來。這是他頭一次近距離看她。她很年輕（年紀比露西還小），長得不能說漂亮，卻讓人覺得舒服，帶點靦腆，身材明顯看得出懷了孕。她和露西握了手，卻沒來握他的，也沒正眼看他。

露西說了些科薩語，把包裝好的禮物拿給她。這時旁邊已經有好些人圍觀。

「她應該拆開來看看。」佩楚斯說。

「對，妳現在就拆。」露西附和。

少婦小心翼翼，費了好大工夫拆開包裝，免得撕破印著曼陀林和月桂枝的精美包裝紙。裡面包著一塊阿善提圖樣的花布。「謝謝妳。」她用英語輕聲說。

「是床罩。」露西對佩楚斯說。

「露西是我們的恩人。」佩楚斯說，接著轉向露西：「妳是我們的恩人。」

這兩字他聽來極為刺耳，似乎明褒暗貶，當下的氣氛馬上就不對了。但這能怪佩楚斯嗎？這句話他講得理直氣壯，但他哪裡知道這種語言早已老舊、脆弱，日益朽壞，彷彿已給白蟻從裡到外蛀得精光。唯一能仰賴的只剩下單音節的字，但也不是所有單音節的字都靠得住。

這該如何應對？縱使他當過傳播學教授，同樣無計可施。除了重新從 ABC 開始，別無他法。等到有深度、有分量的字詞得以重新建構、變得純粹、再次足以讓人信賴，他應該早已作古。

他打了個冷顫，彷彿有隻鵝踩過他的墳。

「這寶寶——妳預計什麼時候生？」他問佩楚斯的太太。

她用不解的眼神回望他。

「十月。」佩楚斯代她回答。「寶寶十月就到。我們希望是個男孩。」

「噢。女孩有什麼不好？」

「我們一直禱告要生個男孩。」佩楚斯說。「頭一胎就是男孩最好了，這樣他就可以教妹妹——教她們怎樣守規矩。對。」他頓了下又說：「女生很花錢。」說著把拇指和食指互搓了幾下。「一天到晚就是錢、錢、錢。」

他已經很久沒見過這個手勢。過去這是猶太人慣有的動作——一邊說著錢錢錢，一邊意有所指地把頭一偏。不過他覺得佩楚斯應該不知道這個關於歐洲傳統的小知識。

「男生也可能很花錢呀。」他盡力找話說，扮演稱職的客人。

「生女孩，就得幫她們買這買那的。」佩楚斯講到興頭上，開始滔滔不絕，完全沒在聽別人說什麼。「現在這年頭，男人不會幫女人出錢了，但我會。」他特地加重那個「我」字，還把手挪到太太頭頂上方，她隨之怯怯垂下眼去。「『我』來出錢，但這是老派作風了。衣服、好東西，反正都一樣啦——錢、錢、錢。」他又做了那個搓手指的動作。「男孩就不一樣，男孩好多了。不過你女兒例外，你女兒不一樣。你這個女兒跟兒子一樣好！差不多啦！」他為自己的俏皮話哈哈大笑。「嘿！露西！」

露西回以微笑，但他知道她很尷尬。「我去跳舞。」她低聲說完便走開了。

她在舞池中自顧自地跳舞，現在好像很流行這種作風。不過沒多久就有個年輕人過來和她一起跳，個子很高，身手靈活，穿著時髦又得體。他和她面對面跳，邊打響指邊對她笑，向她示好。

來幫忙的那些婦女捧著一盤盤烤好的肉進屋來，頓時香氣四溢，令人食指大動。這時又來了一批客人，年紀都很輕，大聲喧嘩，活蹦亂跳，完全不老派。現場的氣氛也隨之熱鬧起來。

一盤食物不知怎的就到了他手上。他遞給佩楚斯。「不。」佩楚斯說：「這是給你的。你不吃，我們就要整晚把盤子傳來傳去嘍。」

佩楚斯和他太太有滿多時間都在陪他，讓他覺得自在些。真是好人，他想。鄉下人。

他望向舞池裡的露西。那個年輕人和她貼得非常近，把腿高高舉起又重重跺腳，上下揮舞手臂，跳得很開心的樣子。

他端著的盤中裝了兩塊羊排、一顆烤馬鈴薯、一大勺浸在肉汁裡的飯、一塊南瓜。他找了張椅子坐下，旁邊是個瘦巴巴的老翁，混濁的雙眼堆著分泌物。我會吃掉這些肉，他對自己說。我會吃掉，吃完再請求原諒。

沒多久，露西來到他身邊，呼吸急促，滿臉緊張。「我們可以現在就走嗎？」她說。「他們也來了。」

「誰也來了？」

「我在後面看到他們其中一個。大衛，我不想惹事，我們可不可以馬上就走？」

「幫我拿一下。」他把盤子交給她，走出後門。

屋外的客人幾乎和屋內一樣多，三兩成群圍在火邊喝酒談笑。火堆的另一頭有個人正盯著他看。他頓時明白是怎麼回事。他認得這張臉，而且熟悉得很。他連忙急步穿過人群。我就是要惹事，他想。很遺憾，哪天不好選，偏偏是今天，但有些事不能等。

他在那男孩面前站定。這是那三人組中的第三個，面無表情的那個小跟班，那條走狗。「我認得你。」他冷冷道。

男孩並未大驚失色，反倒像一直準備面對這一刻，只等著時機來臨。他喉中發出的聲音不僅粗啞，還燒著熊熊怒火：「你是誰？」他問，但這幾個字另有所指：你有什麼資格在這裡？他全身散放著一觸即發的暴戾之氣。

佩楚斯走到他們身邊，用科薩語很快說了些什麼。

他手才碰到佩楚斯的衣袖，對方隨即揮開，不耐煩地瞪他一眼。「你知道這個人是誰嗎？」他問佩楚斯。

「不，我不知道這是怎麼回事。」佩楚斯氣沖沖回道。「我不知道哪裡有問題。哪裡有問題？」

「他——這個無賴之前來過這裡，跟他那兩個同夥。他跟他們是一夥的。不過我們讓『他』自己跟你說是怎麼回事。讓『他』自己跟你說警方為什麼通緝他。」

「你亂講！」男孩大吼，接著忿忿朝佩楚斯講了一大串。樂聲依然隨著夜裡的空氣輕揚，但已經沒人跳舞了——佩楚斯的賓客三兩成群圍著他們，互相推擠，不時插話。氣氛變得很僵。

佩楚斯開口了：「他說他不知道你在說什麼。」

「他騙人。他清楚得很。露西可以作證。」

但當然，露西不會來作證。他怎能指望露西在這些陌生人面前挺身而出，和這男孩面對面，伸手一指，說：對，他和那些人是一夥的。幹了那件事的人，其中也有他一個？

「我要打電話報警。」他說。

圍觀群眾間傳出微微的反對聲浪。

「我要打電話報警。」他對佩楚斯又說了一遍。佩楚斯只是鐵著一張臉。

他在一片滯悶的沉默中回到屋內，露西已在站在那兒等著。「我們走。」他說。

賓客紛紛讓路給他們。這些人的臉上再也沒有和善之色。露西把手電筒忘在那邊，他們只得摸黑回家，卻找不到回家的路；露西不得不脫掉高跟鞋；兩人跌跌撞撞穿過種馬鈴薯的菜圃，才走回自己的農舍。

他拿起電話，露西卻制止他。「大衛，不要，不要報警。這不是佩楚斯的錯。要是你報警，他最重要的這一晚就全毀了。理智一點吧。」

他震驚到不敢相信自己的耳朵，忍不住朝自己的女兒發作。「我的老天爺，怎麼不是佩楚斯的錯？不管他是用什麼方式，一開始不就是他把這些人帶來的嗎？現在居然還有那個臉邀這些人回來這裡？我幹麼要理智？說真的，露西，我從頭到尾都不懂。之前我不懂妳為什麼不用他們真正的罪名去告他們；現在我不懂妳幹麼護著佩楚斯。佩楚斯根本不是什麼無辜的第三方。佩楚斯和他們是一夥的。」

「用不著對我吼，大衛。這是我的人生。必須在這裡過活的人是我。我發生了什麼是我的事，我一個人的事，跟你無關。如果說我有什麼權利，那就是我有權不用像這樣在大庭廣眾之下受審，不必為我自己的所作所為解釋——對你不用，對任何人都不用。至於佩楚斯，他不是那種只因為我覺得他和壞人往來，叫他滾就滾的零工。不過這都是過去的事了，徹底過去了。假如你就是要和佩楚斯作對，最好先確定你自己掌握了多少事實。你不可以叫警察來，我不准你這麼做。等明天早上再說吧。等你聽過佩楚斯的說法再說。」

「可是等到那個時候，那傢伙早就不見了！」

「他不會不見的。佩楚斯認識他。無論如何，不會有人在東開普省失蹤的。這裡不是那種地方。」

「露西，露西，我求求妳！妳想補償過去的錯，但不要用這種方式。要是妳這時候不為自己站出來，以後就一輩子抬不起頭。到最後也許還是得打包走人。至於報警，如果妳現在還是承受不了，不想打給他們，那我們一開始就不應該找警察來。我們早該乖乖閉嘴，等壞人下次上門再來一輪，要不就乾脆就給自己脖子一刀算了。」

「別說了，大衛！我用不著在你面前解釋自己為什麼這麼做。你根本不懂發生了什麼事。」

「我不懂嗎？」

「對，你一點都不懂。你自己好好想想吧。至於警察，你好像忘了我們一開始報警的原因——因為保險。如果我們不報案說自己被搶了，保險公司不會理賠的。」

「露西，我簡直不敢相信妳居然講得出這種話。事情根本不是這樣，妳自己也知道。至於佩楚斯，我再說一次：要是妳現在讓步了，認輸了，妳會沒辦法面對自己的。妳對自己、對將來、對妳的自尊都有責任。讓我打電話報警吧，要不然妳自己打。」

「不要。」

「不要。」——這是露西對他講的最後一句話。她講完就回房，關上門，把他擋在門外。他和她宛如夫妻，一步步身不由己漸行漸遠，而他束手無策。他們為同樣的事吵了又吵，已似夫妻鬥嘴，卻只能困在同一屋簷下，別無出路。她想必十分後悔他搬來和她住！她肯定巴不得他走，愈快愈好。

然而長遠來看，她總有一天也得離開。一個女人家住在農場，根本沒有未來可言，這點不言自明。就連艾汀格也一樣，即使他有槍、鐵絲網圍籬、保全系統，他在這裡的日子也不多了。倘若露西還有點理智，就該在比死還不堪的厄運降臨前收手。只是她當然不會這麼做。她不僅固執，對自己早就選定的這種生活，也已經投入太深。

他溜出門，在黑暗中小心走著，繞到後面，逐漸走向馬廄。

原先燒得很旺的火已熄滅，樂聲也停了。後門還有一群人。那後門蓋得很寬，以便曳引機出入。他的視線越過那群人頭頂上方往後看。

有個賓客站在舞池中央，一名中年男子，光頭，脖子粗短，身穿黑色西裝，頸上掛了條金鏈，墜子是一面拳頭大小的勛章，有點像以前酋長獲頒的那種，作為官方權力的象徵。這勛章由英國科文垂或伯明罕的鑄造廠一箱箱製作，一面印著「女王與女皇」（regina et imperatrix）字樣，和一臉不爽的維多利亞女王頭像；另一面的圖樣則是牛羚或鸚。勛章，酋長，給酋長用的勛章。一船船運到古老的帝國：到印度的納格浦、到斐濟、黃金海岸、卡夫拉里亞。

男人正在發言，講得慷慨激昂，措詞得體，條理分明，語氣忽高忽低。他完全不知男人在講什麼，但聽眾不時交頭接耳表示贊同。在場的人有老有少，但整體來看，大家只是靜靜聽著，卻似乎都很滿意。

他環視四周。那個男孩就站在靠近後門的地方，飛快瞄了他一眼，頓時不安起來。這時其他的人也把視線轉向他——這個陌生人，異類。戴著勛章的男人皺起眉，遲疑片刻，拉高了嗓門。

而他呢，他才不在乎大家盯著他看。就讓他們知道我還在這裡，他心想，讓他們知道，我才不會在我那棟大房子裡生悶氣。假如我破壞了他們的聚會，那就破壞吧。他抬手摸摸頭上的白色紗布帽，頭一次慶幸有這頂帽子，他戴著自己的帽子。

第十六章

整個上午露西都躲著他。她原本答應說他們去找佩楚斯，聽聽他的說法，但也沒付諸行動。結果到了下午，佩楚斯親自來敲他們後門，一如往常公事公辦的態度，穿著靴子和連身工作服。該裝水管了，他說。他想在蓄水池和他新房子的工地之間安裝塑膠水管，把水引過來，大約兩百公尺的距離。他問能不能借點工具，還有，大衛能不能幫他裝水壓調節器？

「我根本不懂調節器。我也完全不懂管路系統。」他沒那個心情去幫佩楚斯。

「我沒要弄管路系統。」佩楚斯說。「只是把水管接起來，就是鋪水管啦。」

兩人去蓄水池的路上，佩楚斯談起不同種類的調節器，還有壓力閥、接頭之類。他邊講邊比畫，動作帶點誇張，好炫耀自己多厲害。這道新水管得穿過露西這塊地，他說。幸好她已經同意了。她是「向前看」的人。「她是向前看的女士，不會回頭看。」

關於派對，關於那個眼神閃爍的男孩，佩楚斯隻字未提。彷彿那種種完全不曾發生。

他到蓄水池來要扮演什麼角色，沒多久便顯而易見。佩楚斯需要他，不是為了裝水管或管路施工的建議，而是要他幫忙拿東西、遞工具——其實就是當他的 handlanger（南非荷文：助手）。他對這角色並不反感。佩楚斯是好工人，觀察他工作可以學到東西。他逐漸生出反感的是佩楚斯這個人。佩楚斯滔滔不絕談起他的計畫，他對佩楚斯的態度卻愈發冷淡。佩楚斯不會是他受困荒島時想要的同伴，更不可能是理想中的配偶。佩楚斯的個性就是想主導一切。那新來的少妻似乎一臉幸福，但他很好奇佩楚斯的老妻又會有什麼說法。

他最後實在聽不下去，打斷佩楚斯的高談闊論。「佩楚斯，昨天晚上在你家的那個年輕人——他叫什麼名字？現在他人呢？」

佩楚斯摘下帽子，擦擦額頭。他今天戴了頂大盤帽，有南非鐵路港務局的銀色徽章。他好像收藏了不少帽子。

佩楚斯蹙起眉頭道：「我覺得噢，大衛，你說這個男生是小偷，這話很嚴重。你這樣叫他，他很火大，也這麼跟大家說了。而我呢，我得維持這裡的和平，所以我也很難做。」

「我沒有要把你捲進這件事的意思，佩楚斯。你跟我說那個男生叫什麼名字、人在哪裡，我會轉告警方。然後我們就交給警方調查，讓他和他那些朋友接受法律的制裁。不會牽連到你，我也不會介入，這是法律問題。」

佩楚斯伸了伸懶腰，揚起臉，享受燦爛的日光浴。「但是保險公司會給你一輛新車。」

這是問問題嗎？還是聲明？佩楚斯到底在玩什麼把戲？他盡力耐著性子解釋：「保險公司不會給我新車。這個國家一天到晚有人偷車，要是保險公司很幸運還沒破產的話，也只會評估我那輛舊車值多少錢，再給我那個金額的百分之多少而已，不夠買新車的。不管怎麼說，這是原則問題。我們不能靠保險公司來伸張正義。那不干他們的事。」

「可是就算你去找這個男生，車也拿不回來。他沒辦法還你。他不知道你的車在哪裡。你的車已經沒了。最好的辦法就是你用保險公司理賠的錢再買一輛，這樣你又有車了。」

他怎麼會把話帶到這個死胡同？他決定換個方式。「佩楚斯，我問你，這個男生是你什麼親戚嗎？」

佩楚斯沒管他在問什麼，繼續說下去：「再說，你幹麼要把這個男生交給警方？他年紀這麼小，你不能讓他坐牢。」

「他滿十八歲的話就可以受審。就算十六歲同樣可以受審。」

「不，不，他還沒滿十八歲。」

「你怎麼知道？我看他的樣子有十八歲，甚至超過。」

「我知道，我知道！他年紀還小，不能坐牢，法律有規定，不能叫少年去坐牢，你放過他吧！」

佩楚斯似乎覺得這句話即可為兩人的爭執劃下句點，說完單膝重重跪地，安裝出水管的接頭。

「佩楚斯，我女兒想做個好鄰居——當好國民，也當好鄰居。她很喜歡東開普省，想在這裡好好過下去，想跟大家和睦相處。但是萬一隨時可能有壞人上門傷害她，之後又能逍遙法外，她要怎麼過下去？這你一定懂吧！」

佩楚斯努力裝著接頭，雙手皮膚綻開深而粗的裂紋，邊使勁邊微微發出呻吟，看不出有沒有聽見他這番話。

「露西在這裡很安全。」佩楚斯突然冒出這一句。「沒事的。你放她一個人在這裡沒關係，她不會有事的。」

「但她明明有事，佩楚斯！她在這裡很明顯就是不安全！你明知道二十一號那天發生什麼事。」

「是，我知道。但現在都沒事了。」

「誰說沒事了？」

「我說的。」

「你說的？你會保護她？」

「我會保護她。」

「上次你可沒保護她。」

佩楚斯又給水管上了些潤滑油。

「你說你知道發生什麼事，但你上次並沒保護她。」他又說了一遍。「你才出門去，接著就來了三個流氓，現在看起來你跟其中一個還是朋友呢。你要我怎麼想？」

他要講得更明白，就是直接指責佩楚斯了，但指責又何妨？

「那個男生沒有罪。」佩楚斯說。「他不是罪犯，也不是小偷。」

「我指的不只是偷東西，他還犯了另一種罪，比偷竊嚴重得多的罪。你說你知道發生什麼事，那你肯定懂我的意思。」

「他沒有罪。他太年輕。這真是天大的誤會。」

「你又知道了？」

「我知道。」水管接好了。佩楚斯放上固定夾、旋緊，才起來站直身子。「我知道。真的，相信我，我知道。」

「你知道。你知道未來會怎樣。那我還有什麼好說的？你話都這麼講了。那你還要我幫忙嗎？」

「不用了，剩下的很簡單，現在我只要挖土，把管子埋進去。」

＊＊＊

儘管佩楚斯講得對保險業很有信心的樣子，他的失竊理賠申請卻毫無進展。少了車，他只覺得整個人困在這農場。

於是有天下午他趁去診所的時候，對貝芙．蕭傾訴自己的苦惱。「我和露西處得不太好。」他說。「是沒什麼大不了的，我想。父母和孩子本來就不該住在一起。一般情況下，我早就搬出來，回開普敦去了，但我現在沒辦法留露西一個人在農場。她在這裡會有危險。我一直勸她把農場交給佩楚斯，休息一段時間，但她不聽我的。」

「你得放手讓孩子自己發展，大衛。你沒辦法保護露西一輩子。」

「我很久以前就對露西放手了。我已經是最不護著孩子的父親了。可是現在情況不一樣，從種種事實來看，露西的處境確實很危險。我們也親眼看見了。」

「不會有事的。佩楚斯會照顧她。」

「佩楚斯？佩楚斯照顧她，有什麼好處？」

「你小看了佩楚斯。佩楚斯真是做牛做馬，才幫露西把蔬果農場做起來。沒有佩楚斯，露西不會有今天。我不是說露西什麼都靠佩楚斯，但在很多方面都欠他的情。」

「大概吧。問題是，佩楚斯有什麼欠露西的嗎，要做到這種程度？」

「佩楚斯是好人。你可以信賴他。」

「信賴佩楚斯？就因為佩楚斯留鬍子、抽菸斗、拿根拐杖，妳就覺得他是什麼老派黑鬼。但根本不是這回事。佩楚斯不是老派黑鬼，更不是什麼好人。在我看來，佩楚斯巴不得露西滾蛋。妳要問我證據，看露西和我的遭遇就夠了。這整件事也許不是佩楚斯策劃的，但他確實是睜一隻眼閉一隻眼，也絕對沒警告過我們，肯定還故意選在那段時間出門。」

貝芙・蕭看他如此大發雷霆，吃了一驚。「可憐的露西。」她輕聲道。「受了這麼多苦！」

「我知道道露西受了什麼苦。當時我在場。」

她睜大眼睛回望他。「可是你不在，大衛。她跟我說了。你不在場。」

你不在場。你不知道發生了什麼事。他大惑不解。照貝芙・蕭的說法，照露西的說法，他「不在場」是不在哪裡？是不在那幾個歹徒施暴的房間嗎？她們是認為他根本不懂什麼叫強姦嗎？她們是覺得他沒和女兒一起受苦嗎？他無法親眼得見的實況，有可能超越他所能想像的各種畫面嗎？還是她們認為只要講到強姦，男性絕不可能真正處在女性的位置？無論答案是什麼，他都忿忿不平，氣自己居然被當成外人。

＊＊＊

他買了台小電視來接替被偷的那台。夜裡，晚飯後，他和露西會並肩坐在沙發上看新聞，再看點娛樂節目（如果還在他們忍受限度內的話）。

確實，他這趟來訪已經待得太久了，這是他的想法，也是露西的。他厭倦了只能靠帶來的簡便行李過日子，受夠了成天聽碎石路上的小石頭被壓得喀啦喀啦響。他想再次坐到自己的書桌前，睡自己的床。然而開普敦路途遙遠，幾乎像另一個國家。儘管貝芙好言相勸，儘管佩楚斯信誓旦旦，儘管露西一意孤行，他還是不願丟下女兒。這裡就是他目前暫住的地方：此時，此地。

他受傷的那一眼視力已經完全恢復，頭皮也逐漸癒合，不用再敷那油膩膩的敷料，只剩耳朵仍需每天換藥。所以時間還真的能治癒一切。露西應該也在痊癒中吧，或者說，若不是癒合就是遺忘，在那天的記憶上長出疤痕組織，把它厚厚包裹、密封起來。如此，將來的某一天，她或許有能力說出「我們被搶的那天」，也只把那天想成被搶的那天。

他白天的時間盡量到戶外，讓露西在家裡有喘息的空間。他到園子裡忙，忙累了就到攔水壩旁，看那鴨子家族浮浮沉沉，為他的拜倫寫作計畫發愁。

這個計畫形同停擺。他能掌握的只有零碎的片段。第一幕的開場還是寫不出來；頭幾個音符仍似縷縷輕煙難以捉摸。有時他生怕這一年多來與他形影不離的這些故事人物，正一點一滴逐漸淡去。其中最動人的角色就是拜倫在威尼斯的床伴瑪格麗塔．康尼——他一心想聽她用慷慨激昂的女低音與拜倫的姘頭泰瑞莎．圭丘里對決，但連這聲音也漸漸消失了。他們的消逝令他滿心絕望，然而若放到更大的格局，這絕望便猶如頭痛，灰暗、一成不變、微不足道。

他有空就盡量去動物福利聯盟的診所，自願做各種不需專業技能的工作：餵食、打掃、拖地。

診所照顧的動物主要是狗，貓是少數。至於家畜，D村似乎有自己代代相傳的獸醫知識和藥典，還有負責治療的術士。被送來的狗大多是因為犬瘟熱、骨折、咬傷造成感染、疥癬、疏於照顧（無意間造成或出於惡意）、老化、營養不良、腸道寄生蟲，但最主要的原因是牠們會繁殖。牠們的數量實在太多了。民眾把狗送來，不會直截了當說「我把狗帶來讓你們殺」，但他們就是這個意思——他們希望有人把牠處理了、讓牠消失，從此為人遺忘。其實他們要求的，正是德文中的「Lösung」（德文信手拈來就是貼切又空洞的抽象字眼）——解決。昇華。就像酒精揮發，不留痕跡，不帶餘味。

於是，在週日下午，等診所打烊、鎖上大門，他就幫貝芙．蕭「解決」當週多餘的犬隻。他到診所後面的籠子把狗牽出來，帶進（或抱進）手術室，一次一隻。貝芙・蕭在每隻狗生命的最後幾分鐘，都會全心全意對待牠，撫摸牠，對牠說話，讓牠安然走完這一程。萬一狗兒沒能被收服（通常如此），那也是因為他在場——他散發出不對的氣味（「牠們聞得出你在想什麼」），那於心有愧的氣味。儘管如此，他仍是那個在針頭找到靜脈、藥劑注入心臟、四肢癱軟、雙眼黯淡之際，固定住狗兒的人。

他曾以為自己慢慢就會習慣，但沒有。他協助的殺戮愈多，就愈像驚弓之鳥。有個週日傍晚，他開著露西的麵包車回家，竟不得不停在路邊平復情緒。熱淚順著臉龐滾滾而下，自己也止不住，雙手直發抖。

他不懂自己怎麼會變成這樣。他在這之前對動物大多沒什麼感覺。雖然他理論上不贊同殘忍之舉，卻說不出自己的本性是殘忍或善良。他什麼也不是。他猜想為了工作必須殘忍的人（好比屠宰場的員工），靈魂會漸漸長出一層堅硬的殼。習慣會讓人冷酷——大多時候必然如此，但對他好像不管用。他似乎沒有冷酷的天賦。

他的身心靈被手術室裡進行的一切深深撼動。他相信這些狗兒都很清楚自己的時辰已到。儘管過程安靜無痛；儘管貝芙・蕭心懷正念，他也努力仿效；儘管他們會把剛走的狗兒放進密封袋紮好，院子裡的狗兒依然嗅得出屋裡是怎麼回事。牠們耳朵往後倒，尾巴低垂，彷彿同樣感受到步向死亡的屈辱，四肢因此僵直，只得硬拉或硬推牠們進屋，或乾脆直接用抱的。到了手術台上，有的狗兒瘋狂地左右亂咬，有的悲鳴不止，沒有一隻會直視貝芙手中的針頭，牠們不知怎的都明白那支針會對自己造成可怕的傷害。

最糟的是來嗅他、舔他手的狗兒。他向來不喜歡被舔，本能的反應就是避開。既然他是凶手，幹麼假裝自己是朋友？但他隨後又心軟了。何必讓死到臨頭的動物感到他畏縮縮，彷彿被動物碰很噁心？於是，只要狗兒想舔他，他就讓牠們舔，一如貝芙·蕭對牠們的輕撫與親吻，只要牠們願意接受。

他希望自己不是濫情。他盡量不用感性的角度去看待自己殺掉的動物或貝芙·蕭，也刻意不對她說：「真不知道妳怎麼能做這種工作。」免得聽她那句：「總得有人做。」他不排除一個可能——貝芙·蕭骨子裡不是協助生靈脫離苦難的天使，而是惡魔；她滿溢惻隱之心的外表下，或許藏著屠夫般的鐵石心腸。他努力屏棄成見，接受各種可能。

既然貝芙·蕭是打針的人，清除遺體就由他負責。每次殺戮時段後的隔天早晨，他會把屍體裝進麵包車，開到定居者醫院外的那片空地，送進焚化爐，把黑色袋子中裝的屍體交給火焰。

如果解決了狗兒，立刻把屍袋運到焚化爐，讓那邊的工作人員處理後續，事情會簡單得多。只是這樣就得把狗兒和週一前產生的各種垃圾一起丟在垃圾場，那裡有醫院病房的廢棄物、路邊鏟起的腐屍，還有散發惡臭的製革廠廢料——和這些東西全部混在一起，不僅輕率，也很惡劣。他不願做出這種對狗兒不敬的事。

因此週日傍晚，他就把袋子全部裝進露西那輛麵包車的後廂，開回農場，週一早上再開到醫院。他親自逐一把袋子搬上手推車，啟動開關，由機器將推車送進鋼製閘門，迎向火焰，再拉動桿子，把推車上裝的東西全部倒進去，再拉桿子讓機器送回空車。平日負責做這些事的工人則站在一旁看。

他第一次改成週一早晨去的那天，原本是把狗兒交給那邊的工人火化的。屍體放了一夜，早已僵硬。狗兒一動不動的腿卡在手推車的欄杆間。等推車從焚化區回來，狗兒往往也在車上跟著回來，燒得焦黑，齜牙咧嘴，散發毛髮燒焦的味道，包在外面的黑色塑膠袋早已燒得精光。後來工人為了順利燒掉屍體，會先用鏟子背面使勁敲打屍袋，把僵硬的腿全部打斷，才把屍袋裝上推車。他就在這時跳進來，親自接管了這工作。

焚化爐用的燃料是無煙煤，煙道裝了抽風扇。他猜這裡可能是五〇年代蓋的，也就是這間醫院落成的時候。焚化爐每週運轉六天，週一到週六，第七天休息。工作人員上班的第一件事是用耙子清理前一天的灰燼，再補充燃料。到了上午九點，內燃燒室的溫度會達到攝氏一千度，足以讓骨頭鈣化。到十點左右仍需不斷添加燃料，維持高溫，再用整個下午降溫。

他不知道現場工作人員的名字，他們也不知道他的。在他們眼中，他只是從某天起每週一從「動物福利」帶一堆袋子過來的人，而且到的時間愈來愈早。他過來、做該做的事、離開。儘管這裡有鐵絲網圍籬，柵門上掛了鎖，還有三種語言的告示，仍以焚化爐為中心形成了一個小社會，但他不是其中的一員。

因為圍籬早就給剪破了，也沒人理會柵門和告示。醫院的護理員早上來丟第一批醫療廢棄物時，早就有許多婦女和孩童等在那裡，從中翻找出注射器、別針、可重複清洗的繃帶，反正只要能賣的東西都好，尤其是藥片藥丸之類，他們會賣給傳統藥房或在街頭交易。這裡也有遊民，白天在醫院的區域閒晃，夜裡睡覺就靠著焚化爐牆邊，甚至進隧道睡，因為比較溫暖。

這不是他想加入的團體。可是他去那邊的時候他們都在。假如他帶去丟的東西引不起他們的興趣，只是因為死狗身上的東西不能賣也不能吃。

他為什麼把這差事攬到自己身上？是想減輕貝芙・蕭的負擔？就算如此，那只要把袋子放到垃圾場，開車走人就行了。還是為了那些狗？但狗兒已經死了，再說，狗哪裡懂得什麼對死者敬不敬？

那就說是為了他自己吧。為了他對世界的理念，那個世界不會有人用鏟子把屍體打得支離破碎，只為了方便處理。

這些狗被送到診所是因為牠們沒人要：因為我們太「都」*了。他因此走進牠們的生命。他或許不是牠們的救星——救星絕不會嫌牠們太多。但萬一牠們沒有能力，到了完全無法照顧自己的地步；萬一連貝芙．蕭也撒手不管，他願意照顧牠們。佩楚斯曾自稱「狗—人」。嗯，如今這個「狗—人」變成他了——狗的接體員，狗的引渡人，最底層的賤民。

稀奇的是，他這麼自私的人居然會自願照顧一堆死狗。要把自己貢獻給世人或世界的某種理念，肯定有其他更具成效的方式——好比增加在診所工作的時間；想辦法勸勸垃圾場那些孩子別把自己的身體塞滿毒藥，甚至好好坐下來寫拜倫那齣劇的歌詞，也可以是一種服務全人類的替代方案。

---

* 譯註：原文「Because we are too menny.」作者此處借用湯瑪斯．哈代（Thomas Hardy）《無名的裘德》（*Jude the Obscure*）一書中的句子，本應為「too many」（太多了），但在書中因孩童筆誤，成為「menny」。

但這些事也有別人在做——動物福利，社會復健，甚至拜倫。他盡力讓這些狗屍保有尊嚴，因為沒人會蠢到去做這種事。這就是他逐漸變成的樣子：愚蠢、精神錯亂、執迷不悟。

第十七章

星期天，他們把診所的工作做完，斷了氣的「貨」也裝上了麵包車。他拖起手術室的地板，就當下班前最後一件事。

「我來就好。」貝芙・蕭從院子裡進來。「你也該回家了。」

「我不急。」

「是啦，不過你應該還是比較習慣另一種生活吧。」

「另一種生活？我不知道生活還分種類。」

「我是說，你一定覺得這裡的生活很無聊，也一定很想念你原本的生活圈，想念有女性朋友在身邊。」

「女性朋友啊，嗯。想必露西跟妳說過我怎麼會離開開普敦。女性朋友可沒讓我碰上什麼好事。」

「你不應該太苛求她。」

「苛求，對露西？我還真做不到。」

「不是露西——是開普敦那個女生。露西說有個女生給你惹了不少麻煩。」

「對，有個女生。但那件事是我闖的禍。我給那個女生惹的麻煩，和她給我的麻煩不相上下。」

「露西說你不得不放棄你在大學的職位，想必很難過噢。你會後悔嗎？」

這人也太愛問了吧！真是奇了，女人怎麼聽到一丁點八卦就這麼起勁？難道眼前這其貌不揚的小生物覺得他不管怎樣都嚇不倒她？還是她把受驚嚇也當成自己的責任——好比修女自願躺下被性侵，好讓世上的性侵事件少一點？

「我後悔嗎？我不知道。因為開普敦的事，我才會來到這裡。我在這邊也沒有不快樂。」

「可是當時——你當時後悔嗎？」

「當時？妳是說，在做得最激烈的時候？當然不會。做得最激烈的時候不會有半點懷疑。我相信妳自己也知道。」

她臉一紅。他已經很久沒看到中年女人臉紅得這麼徹底，紅到直竄髮根。

「不過，你一定覺得葛蘭姆斯鎮很靜吧。」她低聲道。「相形之下。」

「我不會不喜歡葛蘭姆斯鎮啊。至少我遠離了誘惑。再說我又不住在葛蘭姆斯鎮。我是和女兒一起住在農場上。」

遠離誘惑——對女人，就算是長相普通的女人，說這種話還是滿無情的。不過也不是每個人都覺得普通。比爾．蕭必然曾在年輕的貝芙身上看見引人之處。別的男人應該也是吧，或許。

他努力想像她年輕二十歲的模樣，粗短脖子上那張仰起的臉，當年想必神采飛揚，雀斑點點的肌膚自然又健康。他一時衝動伸出手，一根手指輕劃過她的唇。

她垂下眼，非但沒退縮，反而回應他，用雙唇輕拂他的手（甚至或許可說是吻他的手）——整張臉依然漲得通紅。

事情就只有這樣，兩人僅止於此。他沒再多說半個字就離開了診所，聽見背後她逐一關燈的聲音。

隔天下午他接到她的電話。「我們可以在診所見面嗎，四點。」她說。不是詢問，而是聲明，高八度的嗓音帶著緊張。他差點就要問：「為什麼？」但隨即識相地忍住。

不過他還是相當意外。他敢打賭她從來沒做過這種事。想必她天真地以為婚外情就是這樣進行的——女人打電話給對方，宣布自己準備好了。

診所週一不營業。他自己開門進了診所，再轉動鑰匙把門鎖好。貝芙·蕭站在手術室裡，背對著他。他擁她入懷；她的耳朵貼著他下巴；他用雙唇輕拂她小巧密實的髮卷。「這裡有毯子。」她說。「櫃子裡，底層的架子上。」

兩條毯子，一條粉紅色，一條灰色，是女人偷偷從家裡拿來的。女人可能已經在會面前一小時洗好澡、撲好粉、擦上乳液，一切就緒。他猜她搞不好每週日都撲粉擦乳液，在櫃中備著毯子，以防萬一。女人覺得因為他來自大城市，因為他的名字扯上醜聞，他和許多女人做愛不稀奇，也應該會預期凡是遇上他的女人都會和他做愛。

選擇只有兩種，手術台上和地上。他在地上攤開毯子，灰色在下，粉紅色在上。他關燈，走出房間，檢查後門是否上鎖，等著。他聽見她窸窸窣窣脫下衣服。貝芙。他做夢也沒想過自己會跟一個名叫貝芙的人睡。

她蓋著毯子，只露出頭。縱使屋內光線昏暗，也不見絲毫可餐之秀色。他脫下內褲，鑽進毯子躺到她身邊，雙手順著她身體曲線往下探。乳房不值一提。身材粗壯，幾無腰身，像個矮胖的小圓盆。

她抓住他的手，交給他某個東西。保險套。整件事早就計畫好了，從頭到尾。

至少他可以說自己履行了他們交合的義務。沒有激情，但也不帶反感。這樣貝芙．蕭最後應該心滿意足了吧。她想達成的都實現了。他，大衛．盧里，接受了男人能從女人身上得到的照顧與慰藉；她的朋友露西．盧里原本與父親的緊繃關係，也因此得以緩解。

別忘了這天。等兩人筋疲力竭，他躺在她身邊，這麼對自己說。在嘗過梅蘭妮．艾塞克斯嬌美的年輕肉體後，我現在竟然淪落到這個地步。今後我只能慢慢習慣這樣，甚至得接受比這更差的情況。

「很晚了。」貝芙．蕭說。「我得走了。」

他推開毯子起身，也懶得遮遮掩掩。就讓她好好打量她的羅密歐吧，他想，讓她盡情看他垮下的肩，瘦削的腿。確實很晚了。天際僅餘一抹緋紅餘暉；高懸的月若隱若現；空氣中泛著煙味。隔著一片荒地，還是聽得見最前排的棚屋傳出種種聲音交織成的喧囂。兩人在門口分別前，貝芙再次緊偎著他，把頭靠在他胸膛。他也由著她，就像一直以來，只要她覺得有必要做的事，他都由她去。他想到艾瑪．包法利首次下午出軌後，得意攬鏡自照的模樣。我有情人了！我有情人了！狂喜的艾瑪對自己唱著。那好吧，就讓可憐的貝芙・蕭回家後也這麼唱兩句吧。他不該再叫她可憐的貝芙・蕭了。如果感情世界貧瘠的她叫可憐，那他早就破產了。

第十八章

佩楚斯借來一輛曳引機，從哪借的他也不知道。佩楚斯還在曳引機上裝了迴轉犁，那是他在露西來這裡之前就有的，只是一直放在馬廄後面任它生鏽。不過短短幾小時，他就整完了自己的地。速度之快、效率之高，完全不像非洲。古時候——這樣講不過就是十年前，用牛拖著手推犁整地，要花上好幾天。

在這個新的佩楚斯面前，露西有什麼勝算？佩楚斯一開始是挖土工、搬運工、汲水工，現在他已經忙得沒法管這些事了。露西要去哪找人來挖土、搬運、汲水？假如這是場棋局，他會說露西在各方面都不是佩楚斯的對手。要是她還有點腦袋，就該趕緊收手：聯絡土地銀行，談個交易，把農場交給佩楚斯照顧，回歸文明世界。她可以在市郊開寄宿犬舍，還可以把業務範圍擴展到貓，甚至可以回去做她和朋友嬉皮時期做過的：

民族風編織、民族風陶藝裝飾、民族風編織籃，賣串珠給觀光客。

真是滿盤皆輸。不難想像露西十年後的模樣：臃腫的女人，滿臉是悲傷劃下的刻痕，身上的衣服早已過時；談話的對象是寵物，吃飯一個人吃。算不上生活的生活，但總好過成天擔心壞人何時再次上門，屆時光靠狗兒也保護不了她，就算打電話求助也沒人接聽。

他去佩楚斯為新家選好的地點找他，那邊地勢略高，可以俯瞰這間農舍。測量人員已經來過，標示邊界的木樁也都插好了。

「你該不會自己蓋房子吧？」他問。

佩楚斯輕笑幾聲。「不會不會，蓋房子啊，可要靠專業技術。」他說。「砌磚、抹灰，這些全都靠技術。不過我要自己挖溝，這個我可以自己來，用不著什麼技術，就是男生幹的活。挖溝只要是男生就行了。」

佩楚斯自己也覺得自己講的話很好玩。他曾經是小男孩，如今再也回不去了。但現在他可以扮成小男孩，一如貴為路易十六王后的瑪麗・安托內特也能扮成擠奶女工。

他直接講重點。「假如露西和我回開普敦，你願意幫忙繼續經營她那部分的農場嗎？我們可以付你薪水，或者讓你按比例抽成，就是獲利的比例。」

「我得讓露西的農場經營下去。」佩楚斯說。「我得當『農場經理』。」他的口吻好似從沒聽過這些字眼，詞句就在他眼前忽地跳出來，像躍出魔術師高帽的兔子。

「對，你願意的話，我們可以叫你農場經理。」

「但露西有一天會回來。」

「我相信她會回來。她對這座農場很有感情，也不打算放棄它。但她最近過得很辛苦，需要休息一下，放個假。」

「去海邊。」佩楚斯說著，笑了，露出一口老菸槍的黃牙。

「對，她想的話，可以去海邊。」佩楚斯講話只講一半的這個習慣，實在讓他很不爽。之前他還覺得有可能和佩楚斯變成朋友，現在簡直厭惡他。跟佩楚斯講話就像一拳打在棉花上。「要是露西決定暫時休息一下，我覺得我們兩人都沒資格過問。」他說。「你我都沒有。」

「那要我當農場經理當多久？」

「現在還不知道，佩楚斯。我還沒和露西討論，只是在看有沒有這個可能，看你願不願意。」

「那就什麼都得我來做——我得餵狗、得種菜，還得去市集……」

「佩楚斯，用不著一樣樣列出來。不會有狗了。我只是問個大概，萬一露西去休假，你願意照顧農場嗎？」

「我沒有麵包車，要怎麼去市集？」

「這是細節。我們可以之後再討論細節。我只想知道大概的答案，好還是不好。」

佩楚斯搖搖頭。「太多了，太多了。」他說。

＊＊＊

想不到警察居然打電話來，是伊莉莎白港一個姓艾斯特黑瑟的偵查佐，說他的車已經找回來了，目前停在新布萊頓警局，他可以去認領。已有兩名男子被捕。

「太好了。」他說。「我差點就放棄希望了。」

「不會，先生，案件的調查期限是兩年。」

「那車子狀況怎麼樣？能開嗎？」

「是，可以開。」

他懷著久違而陌生的狂喜，和露西一起開車前往伊莉莎白港，再去新布萊頓，照著地圖開到范德文特街，來到警察局那棟平房。警局四周圍了兩公尺高的鐵絲網，頂端還裝了剃刀鐵絲圈，很像軍事要塞。有明確的標示寫著警局前禁止停車。他們就把車停在離警局有段距離的路邊。

「我在車裡等。」露西說。

「妳確定嗎？」

「我不喜歡這地方。我在這裡等就好。」

他到報案處說明來意，照著對方的指示，在走道上轉轉繞繞，才到了專門處理竊車案的小組。艾斯特黑瑟偵查佐是個矮胖的金髮男子，把他的檔案翻看一陣後，帶他去外面的空地。那邊密密麻麻停了許多車，一輛緊挨著一輛。他們逐排看過去，找尋他的車。

「你們在哪裡找到的？」他問艾斯特黑瑟。

「就在新布萊頓。算你運氣好，比較舊的 Corolla 通常會被這些傢伙整個拆來賣。」

「你說你們抓到人了。」

「對，兩個男的，我們根據線報抓到的，找到一屋子贓物，電視、錄影機、冰箱，應有盡有。」

「那現在他們人呢？」

「已經交保了。」

「不對吧，你放他們走之前，不是應該先叫我來指認嗎？現在他們肯定是一交保人就溜了。你也知道。」

對方板著臉沒作聲。

兩人停在一輛白色 Corolla 前。「這不是我的車。」他說。「我的車牌是 CA 開頭。你檔案上有寫。」他指著文件上的號碼：CA 507644。

「他們會重新噴漆，也會偽造車牌，把車牌換來換去。」

「就算這樣好了，這真的不是我的車。你可以把它打開嗎？」

對方開了車門。車裡有濕報紙和炸雞的味道。

「我沒有裝音響。」他說。「這不是我的車。你覺得我的車會不會停在這裡別的位置？」

兩人把停在這裡的車都看了一遍，還是沒找到他的車。艾斯特黑瑟抓了抓頭。「我再查查看。」他說。「一定是搞錯了。把電話號碼留給我，我再打給你。」

露西坐在麵包車駕駛座上，閉著眼。他敲敲車窗，她打開車門鎖。「整個搞錯了。」他邊說邊坐進車。「他們找到一輛 Corolla，但不是我那輛。」

「你有看到那些人嗎？」

「哪些人？」

「你說有兩個男的被抓了。」

「他們交保了。反正那不是我的車，所以被抓的也不會是偷我車的人。」

兩人沉默良久。「還有這種道理？」她問。

她發動引擎，使勁扭動方向盤。

「我沒想到妳這麼希望他們被抓到。」他說。他聽得出自己語帶惱怒，但也不想克制了。「要是他們被抓了，就會出庭受審，有審判就會扯上很多非面對不可的事。妳必須出庭作證。妳願意面對這些嗎？」

露西把車熄了火，繃著臉，使勁不讓淚奪眶而出。

「總之，事情過了這麼久，要查也很難了。這些傢伙不會被抓的，以警方現在的狀況應該也逮不到他們。我們就算了吧。」

他努力整理好自己。他明知自己變得嘮叨惹人嫌，但他別無選擇。「露西，現在事情變成這樣，妳也該面對自己的選擇了。要麼就繼續待在那間滿是負面回憶的房子，成天為自己的遭遇擔驚受怕；要麼就把整件事拋到腦後，換個地方重新開始。在我看來，這是妳可以走的兩條路。我知道妳想留下來，但是不是至少應該考慮一下別條路？我們兩個能不能理智地討論一下？」

她搖搖頭。「我沒辦法再談下去了，大衛，我真的辦不到。」她聲音放得很輕，講得很急，彷彿這些話再不講就會說不出口。「我知道我沒有把話說清楚。我真希望可以跟你解釋，但實在沒辦法。因為你是你，我是我，所以我沒辦法。對不起。很遺憾你的車找不回來。很遺憾你白跑一趟。」

她把頭靠著方向盤上交疊的雙臂，不再強忍，肩頭陣陣起伏。

那種感覺再次淹沒了他——無力、漠然，卻輕飄飄的感覺不到重量，彷彿從裡到外全部掏空，只剩下蝕穿的心之外殼。他暗想，這種狀態的人，怎麼找得到字眼、找得到音樂，讓人死而復生？

人行道上，離他們不到五公尺的地方，有個女人狠狠瞪著他們，身上是破爛的洋裝和拖鞋。他伸手放在露西肩上，是關愛也是保護。女兒啊，他想著，我最親愛的女兒。我曾擔負引領她的責任。總有一天得換她引領我。

她察覺得到他這份心思嗎？

接下來的回程由他開車。他很意外途中露西居然開口了。「那完全是衝著我來的。」她說。「就像對我這個人有什麼深仇大恨。這是最令我震驚的。剩下的……大概都想得到。但他們為什麼那麼恨我？我又沒見過他們。」

他等著下文，但話就在此打住，最後他只得先打破沉默：「那是歷史透過他們傳遞的訊息。那是段不公不義的歷史。如果這樣想會好過點，那就朝這個方向想吧。或許看起來是針對妳，但其實不是。這是祖先留下的業。」

「這樣想並不會好過點。這種震驚不是說沒了就沒了。我是指知道自己被人痛恨的那種震驚，在事情進行的時候。」

在事情進行的時候。她說的是他覺得她指的那個意思嗎？

「妳還是很害怕嗎？」他問。

「對。」

「怕他們會回來？」

「對。」

「妳是不是以為，要是妳不向警察提告，他們就不會回來？妳當時是這麼跟自己說的嗎？」

「不是。」

「那是什麼？」

她不語。

「露西，事情可以很簡單。關掉犬舍，馬上。把房子鎖好，付錢請佩楚斯幫妳看家。去休個半年、一年的假，等這個國家情況好轉再回來。出國去吧，去荷蘭。我出錢。等妳回來，可以評估一下情況，再重新開始。」

「要是我現在離開，大衛，我就不會回來了。謝謝你的提議，但行不通的。你能想得到的方案，我自己都想過幾百遍了。」

「那妳有什麼打算？」

「我不知道。但不管我要做什麼，我都希望是自己的決定，不是別人催或逼的結果。有些事你就是不會懂。」

「我不懂什麼？」

「首先，你不懂那天發生在我身上的事。你是為我著想才會這麼擔心，我很感激，只是你自以為了解，但終究還是不懂。因為你辦不到。」

他放慢車速，停在路邊。「不要。」露西隨即道。「不要停這裡。這個路段不好，停車太危險。」

於是他又加速開回路上。「正好相反，我太清楚了。」他說。「我要說那個我們到現在都一直不講的詞。妳被強姦了，而且是，三個人。」

「然後呢？」

「妳當時害怕自己會丟了這條命。妳怕自己被用完了就會被幹掉、處理掉。因為妳對他們來說什麼都不是。」

「然後呢？」她的聲音輕得快聽不見。

「然後我什麼也沒做。我沒去救妳。」

這是他的自白，也是懺悔。

她聽得不耐，把手微微一抬。「不用自責，大衛。沒人要你擔起救我的責任。假如他們早個一週過來，就會碰上我一個人在家。但你說得對，我對他們毫無意義，我什麼都不是。我感覺得到。」

兩人一時無語。「我覺得他們早就幹過這種事。」她開口，語氣沉穩了些。「至少那兩個大的有。我認為他們最主要就是想強姦，偷東西只是其次，附帶的。我認為他們就是專門強姦別人。」

「妳覺得他們會回來嗎？」

「我覺得我在他們的地盤上。他們已經給我做記號了，還會回來找我的。」

「那妳就更不能待在這裡。」

「為什麼不行？」

「因為那等於主動請他們上門。」

她沉思了很久才答道：「可是，難道我們不能換個角度來看嗎？大衛？萬一……萬一『那』就是留下來的代價呢？他們或許就是這麼想的；那或許我也應該這樣想。他們覺得我欠他們什麼。他們自認是討債的、收稅的。我憑什麼在這裡白吃白住？或許他們就是這麼跟自己說的。」

「我相信他們跟自己說的可多了。他們為了自己的私利，要編多少故事自圓其說都可以。但要相信妳的感覺。妳說妳只感覺到他們的仇恨。」

「仇恨嗎……講到男人和性，大衛，我對什麼都不覺得意外了。也許對男人來說，對女人的恨會讓性更刺激。你是男人，你應該知道。你和陌生人做的時候——你抓住她，壓著她，讓她在你下面，把你的重量壓在她身上……這不是有點像殺人嗎？把刀子插進去、拔出來，丟下滿身是血的屍體，自己一走了之——這感覺不像謀殺嗎？不像殺了人又逍遙法外嗎？」

你是男人，你應該知道：這像跟自己父親講話的語氣嗎？她和他是同一陣線的嗎？

「也許吧。」他說。「有時候。對某些男人是。」接著他不假思索便出口：「和那兩個人也是這樣？像和死神搏鬥？」

「他們互相慫恿對方，大概就是因為這樣他們才一起做，像狗群裡的狗。」

「那第三個呢，那個男生？」

「他是來見習的。」

他們駛過了那塊寫著蘇鐵的招牌。時間不多了。

「假如他們是白人，妳不會這樣講他們。」他說。「比方說，假設他們是迪斯派奇來的白人流氓。」

「不會嗎？」

「對，妳不會。我不是責怪妳，重點不在這裡。但妳講到我們之前沒談過的事。奴役。他們想把妳變成他們的奴隸。」

「不是奴役，是要我順服，被征服。」

他搖頭。「這實在太痛苦了，露西。都賣掉吧。把農場賣給佩楚斯，去別的地方吧。」

「不要。」

對話就這樣結束。露西的話卻在他腦中迴盪。滿身是血。她是什麼意思？他之前夢到一片血泊、滿缸的血，難道他想得沒錯？

他們就是專門強姦別人。他想到那三個人離開的那一幕。他們開著那輛不算太舊的Toyota，後座堆滿家用品。他們的性器兼武器塞在兩腿間，溫暖而滿足——他腦海忽地浮現形容貓咪的「打呼嚕」三字。這些人想必對那天下午幹的這票十分滿意；肯定覺得幹這行真是爽。

他記得小時候，在報上看到新聞報導有「姦」這個字，還仔細研究了一番，想搞清楚到底什麼意思，納悶為什麼通常那麼柔和的「女」字，會出現在這麼恐怖的字裡，恐怖到沒人敢大聲說出口。圖書館的某本藝術書中，有幅畫叫《強擄薩賓婦女》——有騎著馬、身穿暴露盔甲的羅馬武士；有披著紗巾、高舉雙臂哀號的婦女。畫中人擺出這些姿態，與他想像中的強姦有什麼關係？——是男人壓在女人身上，把自己推進她體內？

他想到拜倫。拜倫把自己推進多少女爵與女僕體內，其中一定會有人說這是強姦，但不會有人擔心事後會被對方割喉。從他的角度、從露西的角度來看，拜倫還真的相當老派。

露西非常害怕，怕得要命。她發不出聲音，無法呼吸，手腳發麻。不是真的，那幾個男人硬壓住她之際，她對自己說，這只是夢，一場惡夢。至於那幾個男的，則將她的恐懼一飲而盡，沉醉其中，竭盡所能傷害她、威脅她、加深她的恐懼。叫妳的狗來！他們對她說。快啊，叫妳的狗來！不要是吧？那就讓妳看看狗是什麼樣子！

你不懂，你不在場，貝芙．蕭這麼說。嗯，她說錯了吧。露西的直覺終究是對的——他確實了解；他可以了解，只要他專心一意，放下自己，設想自己在場，把自己當成那些男人，住進他們體內，把自己的魂魄灌注進去。問題是，以他的個性，他有辦法把自己設想成女人嗎？

他趁獨自在房間的時候，給女兒寫了一封信：

「最最親愛的露西，我深深愛妳、關心妳，所以有幾句話非說不可。我眼看妳就要鑄成大錯。妳想順從歷史的安排，但妳走的這條路是錯的。這樣下去會剝奪妳所有的尊嚴，妳將難以自處。我懇求妳，聽我的話。

父字」

過了半小時，有個信封從他門下的縫隙推了進來。「親愛的大衛，你終究還是沒聽懂我的意思。我不是你認識的那個人了。現在的我是死人，至於什麼能讓我起死回生，我還不清楚。我只清楚我不能一走了之。

「你看不見這點，我不知還要怎麼做才能讓你看見。你彷彿故意選擇坐在陽光照不到的角落。我覺得你是那三隻黑猩猩中的一隻，捂住自己眼睛的那隻。

「是，我走的路也許錯了，但要是我現在拋下農場走了，就是承認自己徹底被擊垮，這後半輩子我都得獨吞失敗的苦果。

「我不能一輩子當孩子；你也不能一輩子當父親。我明白你是一番好意，但你不是我需要的導師，至少這次不是。

你的露西」

這是他們交換意見的方式，而露西言盡於此。

＊＊＊

這天殺狗的差事結束，黑色袋子在門口堆成一堆，每只袋中都有一副軀體與靈魂。他與貝芙．蕭躺在手術室的地上相擁。半小時後，貝芙會回到她的比爾身邊；他則會把袋子逐一搬上車。

「你從來沒跟我提過你第一任太太。」貝芙．蕭說。「露西也不談她的事。」

「露西的母親是荷蘭人，她一定跟妳說過。伊芙琳娜——就是伊薇。我們離婚之後她就回荷蘭了。後來再婚，但露西和繼父處得不好，就說要回南非。」

「所以她選擇了你。」

「某種意義上可以這麼說。她也選擇了某種環境，某種志趣。我正在勸她再出去一趟，就算休息一下也好。她在荷蘭有家人，有朋友。在荷蘭生活也許不怎麼有趣，但至少不會害她做惡夢。」

「然後呢？」

他聳聳肩。「我不管建議什麼，露西都不願意聽，至少目前是這樣。她說我不是個好導師。」

「但你以前是老師嘛。」

「那實在不是我的重心。我從來沒把教書當志業，當然也從來沒立志教人怎麼過日子。我以前是所謂的學者。我寫了幾本書，研究早就作古的人。我的心思都放在那上面，教書只是謀生而已。」

她等著下文，但他沒心情說下去。

日落時分，寒意漸起。他們並沒做愛。其實他們早就不假裝那是兩人在一起時會做的事。

在他腦中，拜倫獨自站在舞台上，深吸一口氣準備高歌。他即將動身前往希臘。三十五歲的他逐漸明白生命的可貴。

Sunt lacrimae rerum, et mentem mortalia tangent（「萬物皆有淚，必逝之物觸動心靈」）*——這將會是拜倫要說的話，他很肯定。至於音樂則仍在不遠的某處徘徊，尚未來臨。

「你不用擔心。」貝芙・蕭說，把頭靠在他胸膛——她應該可以聽到他的心跳，與六步格詩的節奏一致。「比爾和我會照顧她。我們會經常去農場轉轉。還有佩楚斯，佩楚斯也會幫忙留意的。」

* 譯註：出自古羅馬詩人維吉爾（Virgil）所著史詩《伊尼亞斯紀》（Aeneid）第一部第四六二行。

「很像父親的佩楚斯。」

「對。」

「露西說我不能一輩子當父親。我無法想像——至少這輩子，我無法想像自己不是露西的父親。」

她用手指梳著他剛長出的頭髮，短短硬硬的。「會沒事的。」她輕聲道。「看著吧。」

第十九章

這棟房子是大約十五或二十年前的開發建案，當時的景色應該頗為荒涼，但漸漸有了鋪上草皮的人行道，種了樹，蓊鬱的攀緣植物紛紛翻過混凝土圍牆，讓景觀宜人許多。門牌號碼「洛斯荷姆新月街八號」有扇上了油漆的院子柵門，裝了對講機。

他按下按鈕，傳出一個年輕的聲音：「哈囉？」

「我找艾塞克斯先生。我姓盧里。」

「他還沒回來。」

「他什麼時候回來？」

「很快。」對講機的蜂鳴器響起，柵門門鎖發出「咔」一聲，他應聲推開門。

一條小徑通向房屋正門，有個纖瘦的女孩站在門口望著他，身上是學校的制服——

海水藍背心裙、白色及膝長襪、開領襯衫。她有梅蘭妮的眼睛、梅蘭妮寬闊的顴骨、梅蘭妮的黑髮。若要說有什麼不同，那就是她長得更美。這就是梅蘭妮提過的妹妹啊，但他一時想不起她的名字。

「午安。妳父親大概什麼時候回來？」

「學校三點放學，但他通常會待晚一點。沒關係，你可以進來。」

她替他按住敞開的門，身體緊貼著門好讓他通過。有片蛋糕優雅地夾在她兩指間，吃到一半。她的上唇沾著蛋糕碎屑，他頓時有種衝動想伸手拂去，但就在那一刻，與她姊姊的往事宛如熱浪襲來。主啊，救救我，他暗想——我到底在這裡幹什麼？

「你想坐就坐沒關係。」

他就坐了。家具閃著光澤，屋內整潔得有種壓迫感。

「妳叫什麼名字？」他問。

「黛瑟芮。」

黛瑟芮：現在他想起來了。梅蘭妮是長女，黑的那個；接著是黛瑟芮，渴望擁有*的

---

* 譯註：黛瑟芮的原文是 Desiree，源自拉丁文「desideratum」，字義為「十分渴望的事物」。

那個。給她取這種名字，簡直是拿她的命運開玩笑！

「我叫大衛．盧里。」他仔細打量她，但她看來並不知他是誰。「我從開普敦來。」

「我姊也在開普敦。她是學生。」

他點點頭，沒說的是我認識妳姊，而且很熟。但他心想：同一棵樹上結的果，可能連最細微之處都相同，然而也有差異——血流的搏動不同，對情欲迫切程度的不同。與她們兩人同床，肯定是帝王級的體驗。

他輕輕打了個寒顫，看了下錶。「這樣吧，黛瑟芮，我想我去學校找妳父親好了，可以跟我說怎麼去嗎？」

＊＊＊

那間學校和住宅區的建築風格很一致——低矮的建物，外牆砌著面磚；鋼製窗戶，石棉屋頂。四方形的校地塵土飛揚，四周全圍了鐵絲網。大門的兩根柱子分別寫著「F．S．馬雷」和「中學」的字樣。

校園空無一人，他就四處走走，終於看到寫著「辦公室」的標示。裡面有個胖胖的中年女祕書正在修指甲。「我找艾塞克斯先生。」他說。

「艾塞克斯先生！」她喊道。「有人找你！」再轉向他：「直接進去吧。」

正在伏案工作的艾塞克斯見他進來，略略起身又遲疑了一下，用不解的眼神望著他。

「記得我嗎？我是大衛・盧里，從開普敦來的。」

「噢。」艾塞克斯應了一聲又坐回去，身上同樣是那件太大的西裝，外套完全淹沒脖子，好似被裝進袋子的尖嘴鳥，只剩一顆頭探出來瞪著他。窗戶全關著，屋內有股經年不散的菸味。

「如果你不想見我，我馬上就走。」他說。

「不會。」艾薩克說。「請坐。我正在檢查出席紀錄。可以先等我做完嗎？」

「請便。」

那辦公桌上擺著相框，從他坐的地方看不見相片中的人，但不用看也知道：他的掌上明珠梅蘭妮和黛瑟芮，和這對姊妹花的母親。

「好的。」艾薩克闔上最後一本點名簿，「今天是什麼風把您吹來啦？」

他原本以為自己會很緊張，實際上居然相當鎮靜。

「梅蘭妮提出申訴之後，大學進行了正式調查，然後我就辭職了。事情大概就是這樣。你想必也知道了。」他說。

艾塞克斯用狐疑的眼神凝視他，沒顯露半點情緒。

「那之後我就一直無所事事。今天路過喬治，想說就稍微停一下，找你談談。我記得我們上次見面，氣氛有點……火爆。但我想還是過來一趟，講講我心裡的話。」

至少這點是真的。他確實想說出心裡的話。問題是，他心裡有什麼話？

艾薩克握著一支廉價的 Bic 原子筆，手指順著筆桿往下滑，再把筆顛倒過來，繼續順著筆桿往下滑，一遍又一遍，但看來並非不耐，只是無意識不斷重複同樣的動作。

他既然開了頭，只能說下去。「你已經聽了梅蘭妮的說法，我想讓你知道我的想法，如果你願意聽的話。

「這件事會發生，不是我先計劃好的。它的開始就是場冒險，有一種男人，我這種男人——偶爾突然會做的小小冒險，這樣才有生活的動力。請原諒我這麼說，我想盡可能對你坦白。

「但和梅蘭妮之間，意想不到的事發生了。我形容成一團火。她在我心中生了火。」

他打住了話。那支筆依舊轉了又轉。一場突然的小小冒險。有一種男人。辦公桌前的這個男人會來場冒險嗎？他對這人認識愈多，愈覺得不可能。萬一艾塞克斯是教會裡的人，像執事或服事人員之類的，他也不會意外，不管「服事人員」指的到底是什麼。

「一團火——這有什麼了不起的？火熄了，就點根火柴，再生一次就好了。這是我以前的想法。但古時候的人對火是崇敬的。他們讓火焰熄滅之前都會再三考量，把火焰當神那樣敬重。你女兒在我心中點燃的就是那種火焰。不至於熱到把我燒傷，卻很真實——是真正的火焰。」

燒了——燒盡——燒毀。

不斷轉動的筆靜止了。「盧里先生。」艾塞克斯畢竟是梅蘭妮的父親，聽到這裡，一臉痛苦，露出似笑非笑的表情。「我在想你究竟有什麼目的，跑到我學校來，還跟我講這些……」

「對不起，我知道這麼做很過分，我講完了。我想講的都講了，我只是想替自己說幾句話。梅蘭妮還好嗎？」

「既然你問起，梅蘭妮很好，每週都打電話回家。她又回學校上課了，學校考量她的情況，特別通融她，我想你應該可以了解。她空閒的時候就忙劇場的事，也忙得滿開心的。所以梅蘭妮很好。你呢？你現在不教書了，有什麼打算？」

「說到這個——其實我自己也有個女兒。她有間農場，我打算去和她住一陣子，幫點忙。我還有一本書要寫，大概算是書吧。總之我會盡量找事做就是了。」

他沒再講下去。艾塞克斯仔細端詳他，那眼神他只能用銳利形容。

「那……」艾薩克輕聲道，聽來卻像嘆息：「英雄何竟仆倒！*」

仆倒？是的，仆倒，毫無疑問。但「英雄」？他這人能用「英雄」形容嗎？他自覺沒沒無聞，愈形渺小。歷史邊緣的人物。

他回道：「偶爾跌倒一下，也許對我們反而有好處，只要不摔得粉身碎骨就好。」

「好。好。好。」艾賽克斯附和著，依然聚精會神定定望著他。他頭一次在艾塞克斯身上發現梅蘭妮的影子——優美的嘴形和唇形。他衝動之下伸手向前，想去握對面那男人的手，最後卻只輕劃過對方的手背。冰涼無毛的皮膚。

「盧里先生。」艾塞克斯說：「除了你和梅蘭妮的事，你還有什麼想跟我說的嗎？你剛剛提到你有心事。」

* 譯註：語出《聖經》〈撒母耳記下〉第一章第十九、二十五、二十七節。

「心事？沒有。沒有，我只是順道來問問梅蘭妮過得好不好。」他站起身。「謝謝你抽空見我，我很感激。」他伸出手，這次伸得乾脆而坦白。「再見。」

「再見。」

他走到門口（其實是走到外面的接待區，已經空無一人），艾塞克斯忽地喚他：

「盧里先生！等一下！」

他又走回來。

「你今天晚上有什麼計畫？」

「今天晚上嗎？我來之前先到飯店放了行李。沒別的計畫。」

「來跟我們一起吃飯吧。到我家吃晚飯。」

「我覺得你太太應該會不高興。」

「也許吧。也許不會。總之還是過來吧，和我們一起擘餅。我們七點開飯。我寫地址給你。」

「不用了。我已經去過你家，見過你女兒了，就是她跟我說學校怎麼走的。」

艾塞克斯連眼都沒眨一下。「那好。」他說。

＊＊＊

門是艾塞克斯親自來開的。「進來，進來。」他邊說邊帶他走進客廳。四下不見他太太和二女兒的人影。

「我帶了點小東西。」他遞上一瓶酒。

艾薩克道了謝，但似乎不知該怎麼處理這瓶酒。「我幫你倒一點吧？我去把它打開。」他離開客廳，廚房裡隨即一陣低語。他回來時說：「我們的開瓶器好像不見了，不過小黛會去跟鄰居借。」

他們家顯然完全不碰酒。他早該想到的。他們是較低層的中產階級小家庭，捨不得花錢，過得省，算得精。車子洗得乾淨，草坪剪得平整，存款放在銀行。所有的資源都投注在為兩個寶貝女兒的未來鋪路——一個是以劇場為志業、聰明伶俐的梅蘭妮；一個是美人兒黛瑟芮。

他想起梅蘭妮，在他們首次拉近距離的那一晚，兩人並肩坐在沙發上，她喝著加了一小杯威士忌的咖啡，目的是為了（這個詞不太情願地冒出來）——「潤滑」她。她修長的小小身體，性感的穿著，興奮得發亮的雙眼。她在那隻野狼遊走的森林間快步前行。

美人兒黛瑟芮拿著酒瓶和開瓶器進了客廳，走向他們時卻遲疑了一會兒，想到自己還沒向客人打招呼。「爸？」她把酒瓶遞過去，低聲問，帶著困惑。

這表示：她知道他是誰了。他們討論過他，搞不好還因為他大吵過——這個不受歡迎的客人；這個名字等同陰險的男人。

她父親拉過她的手，握在自己掌心。「黛瑟芮。」他說：「這位是盧里先生。」

「哈囉，黛瑟芮。」

她把遮住臉龐的髮絲往後一甩，迎向他的目光，雖仍帶點尷尬，但因旁邊有父親護著，壯膽不少。「哈囉。」她囁嚅道。他暗想，我的天，我的天啊！

而她，此刻心裡想的全部寫在臉上：原來這就是和我姊赤裸裸同床的人！原來和她做那件事的就是這男人！這老頭！

飯廳是另一個小小的獨立空間，和廚房之間有個出菜口。飯桌上擺著四套精美的餐具，還點了蠟燭。「坐，坐！」艾塞克斯招呼著，但他太太仍然沒出現。「失陪一下。」艾塞克斯進了廚房，於是只有他和與黛瑟芮隔著飯桌面面相覷。她垂下頭，原先壯起的膽子像洩了氣的皮球。

沒多久，他們回來了，男女主人一起出現。他站起身。「你還沒見過我太太。朵琳，這位是我們的客人，盧里先生。」

「謝謝你們邀請我到家裡來，艾塞克斯太太。」

艾塞克斯太太個子不高，有些中年發福，因為O型腿，走起路來不太穩。但他看得出這兩姊妹的美貌從何而來。她年輕時想必是個大美人。

她板著一張臉，並不正眼看他，但微微點了下頭。百依百順。好妻子，好配偶。《創世紀》說的，二人成為一體。這兩個女兒會像她一樣嗎？

「黛瑟芮。」她下令：「來幫我端盤子。」

那孩子求之不得，連忙起身離桌。

「艾塞克斯先生，我待下去只會讓你們家不愉快。」他說。「謝謝你好心邀請，但我想我還是告辭比較好。」

艾塞克斯回以微笑，令他詫異的是那笑容竟透著一絲歡快。「你坐，你坐！我們沒事！飯還是照吃！」說著湊近他。「你撐著點！」

黛瑟芮和她母親端著菜回到飯廳。主菜是番茄燉雞肉，冒著煮滾的泡泡，飄出薑和孜然的香氣；還有米飯、各式沙拉和醃菜。正是他和露西生活這一陣子之後最想念的食物。

那瓶酒擺在他面前，還有只孤伶伶的酒杯。

「只有我喝嗎？」他問。

「請。」艾塞克斯說。「喝吧。」

他就倒了一杯。他不喜歡甜酒，卻買了這瓶晚收甜酒，想說會合他們的口味。真是，不但失算了，還得自己喝。

接下來還得做謝飯禱告。艾塞克斯一家人牽起手，他別無選擇，只得跟著伸出雙手，左手握著女孩的父親，右手握著她母親。「感謝主賜給我們今晚享用的食物，求主教導我們真心感恩。」艾塞克斯說道。「阿門。」他的妻女齊聲應和。他，大衛・盧里，也含糊說了聲「阿門」，隨即鬆開那兩隻手——父親的手冰涼如絲綢；母親的手小巧、豐潤，因操勞而溫熱。

艾塞克斯太太為大家盛菜。「小心，很燙。」她邊說邊把盤子遞給他。整晚她對他就只說了這麼一句話。

席間他努力扮演稱職的客人，盡量說些有趣的話題，好填塞沉默的空白。他談起露西、她經營的寄宿犬舍、養蜂與園藝的小生意，講到他每週六早晨都去市集。遇襲的事他輕描淡寫，只提到車被偷了。他還講到動物福利聯盟，至於醫院的焚化爐、他與貝芙・蕭的午後密會，就隻字不提了。

用這種方式拼湊起來的敘事沒有半點陰影，不過是單純無腦的鄉間生活。假如這是真的該有多好！他厭倦了陰影、糾葛，受夠了複雜的人。他當然愛自己的女兒，但有些時候他真希望她是更單純的人：更單純，更俐落。那個強姦她的男人，帶頭的那個，就是這種人。好似迎風揮劈的快刀。

他想像自己躺在手術台上呈大字形。手術刀一閃，從喉頭到鼠蹊劃開他全身。他眼見這一幕，卻不覺得痛。大鬍子外科醫生朝他俯身，皺著眉東看西看。這都是些什麼玩意兒？醫生低聲怒道，又戳了戳膽囊。這是什麼？說著就切了它，隨手扔到一旁，接著戳戳心臟。這又是啥？

「你女兒──農場都她一個人管嗎？」艾塞克斯問道。

「有個男的偶爾會來幫忙，他叫佩楚斯。非洲人。」他聊起佩楚斯，實在、可靠，有兩個太太，對未來自有番小小規畫。

他的胃口不如自己預期，眾人也快無話可聊，但總算是吃完了這頓飯。黛瑟芮先離席去做功課。艾塞克斯太太收拾起碗盤。

「我該走了。」他說。「我明天還得早起。」

「等等，再坐一會兒吧。」艾塞克斯說。

只剩他們兩人。他再也沒法打迷糊仗了。

「關於梅蘭妮。」他說。

「怎麼了？」

「我再提一點，就算講完了。我相信，我和她之間儘管有年齡的差距，但或許未必會是今天這種結局。可是，當時我沒能給出某種……某種……」他思索著該用什麼字：「流露真情的東西。我不會表達深層的情緒。我把愛處理得太理性了。我是就算烈火焚身也不會哼一聲的人，你懂嗎？這點我很抱歉。很抱歉讓你女兒受了這麼多折騰。你有個美滿的家庭。我害你們夫妻這麼傷心痛苦，我要向你們道歉。我要請你們原諒。」

「美滿」兩字用得不對，更貼切的形容詞會是「模範」。

「嗯。」艾塞克斯回道：「你終於道歉了。我一直在想這天什麼時候會到。」他一臉沉思，方才他就沒坐下，講到這裡開始來回踱步。「你覺得抱歉。你說你不會表達深層的情緒。假如你會，我們今天就不至於走到這一步。不過我問我自己，我們做了錯事被人發現，總是會說抱歉。那種時候我們都非常抱歉。可是問題不在於我們是不是真有歉意。問題是我們學到了什麼教訓？真正的問題是，我們覺得抱歉，然後該怎麼辦？」

他正要回答，但艾塞克斯立刻抬起手。「我能在你面前提到『上帝』嗎？你不是聽到『上帝』兩個字就不高興的人吧？問題是，上帝除了要你感到歉意之外，還希望你做什麼？你有什麼想法嗎，盧里先生？」

儘管艾塞克斯走來走去令他分心，他還是盡可能小心措辭。「通常我會說，人過了一個歲數就很難學到教訓，只能一遍又一遍受懲罰。不過這或許不是真的，總會有例外，希望哪天真的有。至於上帝，我不是信徒，所以我只能把你所說的上帝和上帝的旨意翻譯成自己的語言。用我自己的話來說，就是我因為和你女兒之間的事，目前正在受懲罰。我陷入飽受屈辱的泥沼，要脫身並不容易。但我並不拒絕接受這種懲罰，我也沒有怨言。相反的，我每天的生活就是在落實它，我努力接受這種屈辱就是我目前的狀態。你覺得，我這樣無限期地活在屈辱中，上帝會滿意嗎？」

「我不知道，盧里先生。通常我會說，別問我，去問上帝。但既然你不禱告，就沒辦法問上帝。所以上帝必須用祂自己的方式告訴你。你覺得你今天為什麼會在這裡呢，盧里先生？」

他沉默了。

「那我來告訴你。你路過喬治，突然想到你學生的家就在喬治，就想說，何不來看一下？你原本沒計劃要過來，但現在居然在我們家。你一定很意外吧。我說對了嗎？」

「不完全對。我沒說實話。我不是路過。我到喬治來只有一個原因，就是要找你談談。我想這麼做已經想了好一陣子。」

「好，你說你來找我談，但為什麼是我？我這個人很親切，很好聊，太好講話了。我學校那些孩子都知道，跟艾塞克斯講講他就會放你一馬——他們是這麼說的。」說著他又笑了，是之前的那種苦笑。「那，你這趟真正想找的人是誰呢？」

這時他很肯定：他不喜歡這個男人，不喜歡他耍這些技倆。

他起身，跌跌撞撞穿過空蕩的飯廳，順著走道走去，聽見一扇半掩的門後傳來低語。他推開門。黛瑟芮和母親坐在床上，拿著一捆毛線做著什麼。兩人見到他，嚇得說不出話。

他好似進行某種儀式，畢恭畢敬跪下，額頭貼地。

這樣夠了嗎？他心想。這樣可以嗎？如果不夠，還要怎樣？

他抬起頭。母女二人依舊坐著，呆若木雞。他凝神望著那母親，又望著女兒，那電流再次奔竄，欲望的電流。

他站起身，沒想到關節不爭氣的喀喀作響。「晚安。」他說：「謝謝各位的招待。謝謝你們的晚餐。」

夜裡十一點，他飯店房間的電話響起，是艾塞克斯。「我打來是祝你能堅強面對未來。」頓了一下又說：「有個問題我一直沒問，盧里先生。你不會指望我們幫你跟大學說話吧？」

「幫我說話？」

「對。比方說，讓你復職。」

「我根本沒想過這件事。我跟大學已經沒關係了。」

「因為你現在走的這條路，是上帝對你的安排，不是我們能插手的。」

「明白。」

第二十章

他沿著Ｎ２國道高速公路再次進入開普敦市區。他離開不到三個月，但貧民窟已經在這段期間越過高速公路，擴散到機場東邊。車流不得不慢下來，因為有個小孩正拿著棍子把一頭離群的牛趕出路面。看來是擋不了了，他心想，鄉村已逐漸蔓延到城市。不用多久，羅德博斯公共保護區又會出現牛群；不用多久，歷史就會回歸原點。

他終於回家了。只是感覺不像離開很久之後那種回家。他難以想像再次住在托倫斯路的那棟房子，一來離大學那麼近，二來受了之前那事件的影響，得像個罪犯躲躲藏藏，以免遇見老同事。看來他得賣掉那棟房子改住公寓，還得搬到便宜一點的區。

他的財務狀況也是一團亂，打從上次出門就沒付過帳單。他這陣子的生活費用都靠存款，帳戶裡的餘額隨時有可能見底。

漫無目的晃蕩的日子結束了。結束後的下一步是什麼？他看到自己白髮蒼蒼、身形佝僂，拖著腳步去街角小店，買半公升牛奶和半條麵包；他看到自己面無表情坐在桌前，房間堆滿發黃紙張，等著下午漸漸流逝，就可以做晚飯，上床睡覺。衰朽老學究過的就是這種生活，沒希望，沒前景——難道這就是他甘願屈就的生活？

他轉開院子柵門的門鎖。花園裡雜草叢生，信箱塞滿各式傳單和廣告。儘管以一般標準來看，這房子的防盜設施已經相當完備，但畢竟還是空了幾個月，期盼沒人上門應該是奢求。果不其然，他一打開前門，嗅到屋內的氣息，就知道大事不妙。他的心猛地重重往下沉，不快的情緒立時翻騰起來。

四下無聲。不管誰來過，現在都已經走了。但他們是怎麼進來的？他躡手躡腳逐一巡查每個房間，很快便找到答案。後門處有扇窗的鐵欄杆被人扳開又壓回，玻璃窗也打碎了，破洞大小足以讓孩童爬過，連小個子男人要進出也不成問題。風吹進來的落葉和沙塵已在地板上積了厚厚一層。

他在屋裡走來走去清點失物。他的臥室被翻得亂七八糟，衣櫥大開，裡面空空如也。他的音響沒了，錄音帶、唱片、電腦周邊設備全不見了。書房內的書桌、檔案櫃抽屜都被撬開，紙張四散。廚房徹底清空：餐具、鍋碗瓢盤、小家電都沒了。他收藏的酒一瓶不剩，甚至連存放罐頭食品的櫥櫃也空了。

這不是普通的闖空門，而是整支突襲隊進駐，將現場搜刮一空，把袋子、紙箱、行李箱裝得滿滿才撤退。戰利品；戰爭賠償；重新分配運動的又一實例。此時此刻，誰穿著他的鞋？貝多芬和楊納傑克的唱片是否找到了新家？還是已任人扔進垃圾堆？

浴室傳來一股難聞的氣味。有隻困在屋內的鴿子死在洗臉盆裡。他小心翼翼清理這堆骨頭和羽毛，放進塑膠袋，紮緊袋口。

斷電了，燈不亮，電話也不通。要是他不動手解決，就得摸黑度過這一晚，但他已經頹喪得不想動。統統給我下地獄吧，他想，跌坐進椅子，閉上眼。

夕陽西下，他醒轉過來，出了門。最先探出頭的星星已高掛空中。他穿過空蕩的街，穿過飄著馬鞭草和黃水仙芳香的花園，走進大學校區。

傳播系系館的鑰匙還在他這裡。這真是以幽魂之姿在此出沒的好時機——走道上空無一人。他搭電梯到五樓他那間辦公室。門上的名牌已經換了，新名牌上寫著「S・奧托博士」。門底下隱約透出燈光。

他敲門，沒人應。他打開門鎖走進去。

房間已經改頭換面。他的書和掛的幾幅畫都不見了，只剩下光禿禿的牆壁，唯一的裝飾是一幅放大成海報尺寸的單格漫畫——超人垂著頭，乖乖挨露易絲・連恩的罵。

昏暗的燈光下，有個他沒見過的青年坐在電腦前。青年眉頭一蹙。「你是哪位？」他問。

「我是大衛・盧里。」

「喔？有什麼事？」

「我來拿我的信。這間曾經是我的辦公室。」他差點補上「以前」兩字。

「喔，對對對，大衛・盧里。抱歉，我沒反應過來。信我幫你裝箱了，還有一些你的東西，我整理的時候發現的。」他手一揮。「都在那裡。」

「我的書呢？」

「在樓下的儲藏室。」

他抱起箱子。「謝謝你。」他說。

「不客氣。」年輕的奧托博士回道。「你拿得了吧？」

他抱著沉重的箱子，走到系館對面的圖書館，打算整理一下信件。但到了入口處的門禁系統前，他的卡已經刷不過了，他只得在大廳的長椅上整理起來。

＊＊＊

他輾轉反側，無法入睡。天一亮他就上山去，走了很長一段路。剛下過雨，溪流暴漲。他深深吸進醉人的松樹芳香。今天起他就是自由之身，除了自己不必對任何人負責。大把時間等在眼前任他揮霍。這感覺有點不踏實，但他想自己應該會慢慢習慣。

與露西共度的時光並沒讓他轉性成鄉下人，但還是有些讓他想念的事——好比那一家鴨子：鴨媽媽得意洋洋挺起胸，在攔水壩的水面上游來游去，她的大寶、二寶、三寶、么寶則急急忙忙跟在後面，深信只要媽媽在就不會有事。

至於那些狗，他不願多想。週一起，一隻隻在診所內被迫失去生命的狗，就會被扔進火中，沒名沒姓，無人悼念。他如此背信忘義，可有獲得寬恕之日？

他去銀行辦事，又抱了一堆該洗的衣物到洗衣店。他到這些年來常去買咖啡的小店，店員假裝不認識他。鄰居太太澆花時刻意背對他。

他想起威廉．華茲華斯初遊倫敦的情景——他去觀賞默劇，看英國童話中的「巨人殺手」傑克在舞台上欣然昂首闊步，揮舞手中的劍，胸上寫了「隱形」兩字，是攻擊巨人時的萬能保護罩。

入夜後，他到公共電話亭打電話給露西。「我想打來報個平安，免得妳擔心。」他說。「我很好。我想大概還要一陣子才能安頓下來。我在屋裡跟個無頭蒼蠅一樣忙東忙西，搞得乒乒乓乓的。我還真想念那窩鴨子呢。」

他沒提到闖空門的事。把自己的麻煩事加到露西身上，有什麼好處？

「佩楚斯呢？」他問。「佩楚斯有來幫妳嗎？還是忙著蓋他那棟房子？」

「佩楚斯有來幫忙。大家都很幫忙。」

「嗯，需要我過去的話，我隨時都可以回去。妳只要說一聲就好。」

「謝謝你，大衛。現在或許還不用，將來總有一天會的。」

當年孩子呱呱落地時，有誰想得到——將來有一天他會爬到她面前，求她收留他？

＊＊＊

他到超市買東西，意外發現結帳隊伍中排在他前面的是伊蓮．溫特，他過去那個系的系主任。她的購物車裝得滿滿；他只提了個購物籃。他先主動招呼，但她回應時難掩緊張之色。

「我離開以後，系上都好嗎？」他努力裝出開朗的語氣。

好啊非常好——最老實的回答應該是：少了你，我們過得可好呢。但她太有禮貌，自是說不出口。「噢，還不就那樣，馬馬虎虎啦。」她含糊回道。

「你們有再找人嗎？」

「我們找進來一個新人，約聘的。一個年輕人。」

他或許可以說「我見過他了」，也或許可以補上一句「真是個小混球」。但他也是有教養的人。「他的專業領域是什麼？」他改問這一句。

「應用語言研究。他專長是語言學習。」

眾詩人俱往矣；已故的大師們俱往矣。他得說，這些前輩不曾真的好好指導他。但就算有吧，他也沒聽進去多少。

排在他們前面的女人慢條斯理掏錢付款，其實還有空檔讓伊蓮問下一個通常必然會問的問題：那你最近還好嗎？大衛？也有時間讓他回答：很好，伊蓮，非常好。

但她問的是：「你要不要排我前面？」指向他的購物籃。「你東西那麼少。」

「不用不用，伊蓮。」他回道，隨即看她逐一把自己買的東西放上櫃檯，倒也看出一番興味。除了麵包、奶油等常備品，還有獨居女人犒賞自己的各種小點心：全脂冰淇淋（裡面有真的杏仁、真的葡萄乾喔）、義大利進口餅乾、巧克力棒——外加一包衛生棉。

她用信用卡付款，在結帳櫃檯的另一端向他揮手道別，顯然鬆了一口氣。「再見！」他隔著收銀員朝她喊。「幫我跟大家問好啊！」她完全沒回頭。

＊＊＊

這齣歌劇一開始設想的核心，是拜倫勛爵和他的情婦圭丘里伯爵夫人。拜倫造訪圭丘里家位於拉文納的別墅，這對戀人卻只能困在屋內忍受滯悶的酷暑，加上圭丘里伯爵醋勁大發，兩人的一舉一動都在他監視下。拜倫和泰瑞莎在幽暗的客廳中閒晃，唱出被迫遏抑的激情。泰瑞莎自覺有如囚徒，強忍怒火，不斷催促拜倫帶她走，去過另一種人生。拜倫則滿懷疑慮，只是他行事謹慎，沒有表露出來。他懷疑他們初識時的狂喜將一去不復返。人生停滯不前的他，已經隱約嚮往起平靜的隱退生活。若欲隱退而不得，他則嚮往超凡入聖，嚮往死亡。泰瑞莎高亢的詠嘆調激不起他心中半點火花。他自己唱出的旋律則晦暗憂鬱，百轉千迴，掠過、穿過、越過了她。

他原本的想像是：這是一齣關於愛與死的室內劇，主角是熱情奔放的少婦，和曾經滿懷熱情、如今熱情已逝的中年男子。這齣劇的情節要有複雜多變的音樂襯托，要用英語演唱，但要有他想像中的義大利口音與風格。

以傳統的判斷標準來說，這個構想其實還不壞。一是角色彼此之間平衡得當——一對受困的戀人，一個失了寵、心煩得不斷敲窗的情婦，加上一個滿懷妒意的丈夫。二是別墅內的場景——拜倫養的幾隻猴子懶洋洋掛在吊燈上，孔雀在華麗的那不勒斯家具間來回焦躁踱步。這種安排既保有昔日榮景的歷史感，又呈現如今的衰敗，兩者間同樣拿捏得恰到好處。

然而，這個計畫無論是之前在露西的農場上，或現在又回到自己家，都引不起他全心投入的興致。總覺得有哪裡設想的方向不對，有哪裡並非出自真心。有個女人對著滿天星斗埋怨走到哪都有僕人監視，逼得她和情人只能躲進掃帚櫃釋放壓抑已久的欲望——誰在乎這些啊？他可以為拜倫想出台詞，然而歷史留給他的這個泰瑞莎，年輕、貪心、任性、喜怒無常——和他理想中的音樂完全不搭。他想像那音樂的和聲要有濃濃的蕭瑟秋意，卻帶著犀利的反諷，他耳中深處有時依稀可聞。

他嘗試換個方向，捨棄原先寫了好多頁的曲譜，捨棄個性活潑大膽又早婚的泰瑞莎，和她俘虜的那位英國勛爵。他從頭描寫中年時期的泰瑞莎。新版的泰瑞莎矮矮胖胖，已成寡婦，回到娘家甘巴別墅和老父同住，並親自管理家務。她不僅嚴格掌控財務，還緊盯著傭人免得他們偷糖。新版本中的拜倫早已去世。他仍活在泰瑞莎心中的唯一憑證，與她漫漫長夜獨守空閨的慰藉，是她床下一整箱的信與紀念物，她說這是她的「reliquie」（義文：遺物）。她的孫侄女將在她死後開箱，邊讀邊驚嘆連連。

這就是他一直在找尋的女主角嗎？以他目前內心的狀態，中年版的泰瑞莎能吸引他全心投入嗎？

歲月對泰瑞莎著實無情。沉甸甸的乳房、粗短的身軀、縮水的雙腿，讓她像個「contadina」（義文：農婦），反倒不像貴族。拜倫一度愛戀的白皙肌膚，已轉為生病發燒的那種紅色。夏季她為氣喘頻頻發作而苦，為了吸一口氣幾乎去掉半條命。

拜倫寫給她的信中，先是稱她「我的朋友」，再來是「我的愛」，然後是「我永遠的愛」。有些信卻背著她寫了完全相反的事，她只是苦無管道把信拿來燒了。拜倫在這些寫給英國友人的信中，不僅言詞輕浮，把她列入他在義大利獵豔的戰利品，還大肆揶揄她丈夫，更暗示自己也睡了她交遊圈中的某些女性。拜倫去世後數年間，他的朋友們接二連三根據這些信件寫起回憶錄。照他們的說法，拜倫先是引誘年輕的泰瑞莎背叛丈夫，順利得手沒多久又厭倦了她。他覺得她沒頭腦，和她在一起只是出於義務。正是為了逃離她，他才航向希臘，航向死亡。

這些人的誣衊深深傷了她的心。與拜倫共度的那些年是她人生的巔峰。有了拜倫的愛，她才與眾不同；沒有他，她什麼也不是——美人遲暮，前景黯淡，只能在乏味的小鎮度過餘生。平日和女性朋友往來，父親腿疼時幫他按摩，夜裡孤枕獨眠。

他可甘願去愛這個其貌不揚的普通女人？他能愛她愛到為她譜曲嗎？假如不能，那他還能做什麼？

他回到如今必然成為開場的那一幕。又是一個酷暑日的尾聲。泰瑞莎站在父親家二樓的窗前，遠眺羅馬涅的沼澤和松樹叢，望向波光粼粼的亞得里亞海。序曲結束，四下無聲，她吸了口氣。我的拜倫，她唱道，歌聲迴盪陣陣哀戚。獨獨一支單簧管回應，餘音漸弱，轉為沉寂。我的拜倫，她再次呼喚，悲切更甚。

那個他，她的拜倫，到底在哪裡？答案是拜倫已然消失，遊蕩冥界。那個她，拜倫愛過的泰瑞莎，同樣不復存在——當年那滿頭金色卷髮的十九歲少女，滿心歡喜獻身給這個跛扈的英國人，之後他躺在她赤裸的胸上深深呼吸，在猛烈愛過後沉沉睡去，她則輕撫著他的額頭。

我的拜倫，她唱了第三次。從某個地方，從冥界無際的洞穴深處，有個聲音顫抖著回應，但只聞其聲，不見人影。那是鬼魂的聲音，拜倫的聲音。妳在哪裡？他唱著。然後是一個她不願聽見的字：「secca」（義文：乾涸）。已經全乾了，一切的源頭都乾涸了。

拜倫的聲音極其微弱又顫抖不已，泰瑞莎只得把他的話照樣唱給他聽，每次呼吸都在把生命的氣息注入他的話中，讓他逐漸起死回生：這是她的孩子，她的男孩。我在這裡，她唱道，撐住他，拉起他，不讓他墜落。我就是你的源頭。還記得我們一起去佩脫拉克住過的阿爾夸泉嗎？我們一起，你和我。我曾是你的蘿拉。你還記得嗎？

之後的發展大概就得這樣：泰瑞莎努力幫她的愛人發聲，而他，坐在已經被翻得一團亂的家，要為泰瑞莎發聲。瘸子幫跛子，因為沒有更好的辦法。

他盡力加快進度，先鎖定泰瑞莎來發揮，大致寫下開場戲的歌詞。把一字一句寫成白紙黑字，他這麼對自己說。只要寫下來，後面的就容易了。接著再搜尋一下大師們的作品，好比葛路克——或許再抄幾段旋律——誰知道呢？——也抄點概念吧。

然而，他對泰瑞莎和拜倫亡魂投注的時間愈來愈多，就愈覺得偷來的曲子不盡理想，這兩人非得有自己專屬的音樂不可。最令他訝異的是，音樂竟然一點一滴冒了出來。有時他對歌詞該寫什麼還沒半點想法，一個樂句的輪廓就已浮現腦海；有時從歌詞就想到節奏的韻律；有時旋律的影子盤旋數日，就在幾乎可聞之際，竟然有如神助主動露面。此外，隨著情節逐漸開展，他憑直覺就能感到情節引出了自己的和弦轉調與轉折，哪怕他沒有足夠的音樂功力表現出來。

他坐到鋼琴前，著手拼湊起自己想到的這些片段，寫下總譜的開頭。但那架鋼琴的聲音卻有點礙事：太圓潤、太具體、太飽滿。於是他爬上閣樓，在裝滿露西的舊書和玩具的箱子中，找出一把造型奇特、有七條弦的小小班究琴，那是露西小時候他在夸馬舒的街頭買給她的。他用這把琴開始譜曲，讓如今滿腔悲憤的泰瑞莎唱給已故的情人聽，也讓拜倫從冥界的國度以微弱的歌聲回應她。

他跟著圭丘里伯爵夫人走進她的地下世界，唱著為她寫的詞，哼著她要唱的旋律。令他意外的是，他走得愈深入，這把玩具班究琴發出的可笑叮鈴聲，竟與她愈來愈密不可分。他默默捨棄先前為她創作的繁複詠嘆調，自此幾乎完全讓她用這把班究琴主導走向。泰瑞莎不再在舞台上昂首闊步，而是坐著遠眺沼澤，望向地獄之門，懷抱曼陀林自彈自唱，在詞句築成的天空中盡情翱翔。身穿及膝短褲的三重奏（大提琴、長笛、低音管）成員則隱身一旁演奏間奏曲，或不時在歌詞段落間用演奏加以呼應。

他坐在自己的書桌前，望向雜草蔓生的花園，為這把小班究琴教給他的種種驚嘆不已。六個月前，他以為自己在《拜倫在義大利》中的位置是隱身於泰瑞莎和拜倫之間，也在兩人的狀態之間——一邊是渴望充滿肉欲激情的夏季不斷延續，一邊是從長眠不起任人遺忘的夢境勉強被拉回現實。但他錯了。到頭來最吸引他的並非色欲，亦非傷逝，而是其中的喜劇成分。他在這齣歌劇中既非泰瑞莎，亦非拜倫，甚至不是兩人的綜合體——真正深深吸引他的是音樂本身，是班究琴弦單調尖細的樂聲，那聲音想奮力掙脫那可笑的樂器遠走高飛，卻不斷被拉回來，好似上鉤的魚。

原來這就是藝術啊，他想，原來藝術是這樣運作的！多麼奇特！多麼迷人！

他成天深陷在拜倫和泰瑞莎的世界中，只靠黑咖啡和早餐穀片度日。冰箱已空，床也沒鋪，從破窗飄進的落葉在地上兜圈。無所謂，他想：讓死人去埋葬他們的死者*吧。

我從詩人身上學會去愛，拜倫用沙啞的單音調吟唱，九個音節是還原C音；但我發現（以半音階逐步降至F音）生活是另一回事。班究琴叮鈴噹啷響起。為何，噢，你為何要這麼說？泰瑞莎責問他，長長的音拖出一道弧線。班究琴弦叮鈴噹啷響起。

泰瑞莎渴望有人愛她，永生永世愛她。她希望被提升到更高的層次，就像佩托拉克

---

* 譯註：出自《聖經》〈路加福音〉第九章第六十節，此處比喻必須專心處理更重要的事，無暇顧及其他。

的繆思蘿拉，像羅馬神話的繆思女神芙蘿拉。而拜倫呢？拜倫至死都會對她忠誠，但他也就只承諾這個而已。讓兩人永遠相繫直到一方逝去。*

我的愛，泰瑞莎以無比深情，高聲唱出她在詩人床上學到的那個單音節字，厚實而飽滿。叮，琴弦回應著。靈魂將自己的渴望投向穹蒼之際，戀愛中的女人在愛中沉醉；屋頂上有隻貓在嚎；各種複雜的蛋白質在血液裡打轉，性器膨脹擴張，掌心出汗，嗓音變粗。這就是索拉雅和其他那些人的用處——從他的血中吸出那複雜的蛋白質，好似吸出蛇毒，讓他頭腦清明，身心爽利。但在拉文納與父親同住的泰瑞莎就沒這麼幸運，沒人幫她吸掉身上的蛇毒。來到我身邊吧，我的拜倫，她高喊：來到我身邊吧，來愛我！拜倫呢？他已遭放逐，遠離塵世，慘白似鬼，用不屑而譏諷的語氣回應她：別來，別來，別來煩我！

多年前他住在義大利，去過一百五十年前拜倫和泰瑞莎騎馬前往的那座森林，就在拉文納和亞得里亞海岸線之間。這個英國人和他的十八歲可愛小情人，必然曾至林中某處——他在那裡首次掀起她的裙子，一個有夫之婦的裙子。他是可以明天就飛去威尼

---

* 譯註：出自拜倫的長詩《唐璜》第三章第七節。

斯，搭火車到拉文納，沿著古老的騎馬路徑漫步，經過同一地點。他正在創作音樂（或說音樂正在創作他），但不是創作歷史。在滿地的松針上，拜倫占有了他的泰瑞莎——他說她「像瞪羚那般羞怯」，揉皺她的衣服，害她的內衣褲全進了沙（兩人的馬則全程站在一旁，不感興趣）。激情自此而生，讓泰瑞莎在往後的人生中不斷熱切地對月長嚎，這份熱切也令他長嚎起來，不過是用他自己的方式。

泰瑞莎領頭，他一頁又一頁跟隨。接著某一天，從黑暗中傳出另一個他從未聽過、也沒預期會聽到的聲音。從那話語中，他心知那聲音是拜倫的女兒艾蕾格拉，但來自他內裡的何處？你為什麼離開我？拜託你來接我！艾蕾格拉呼喚著。好熱，好熱，好熱！她用自己的節奏抱怨，一再打斷那對情人的聲音。

這個五歲的孩子成了燙手山芋，她的呼喚無人回應。既不討喜也不受寵的她，父親儘管那麼有名，卻對她不聞不問，甚至把她完全交給別人照顧。她輾轉流落幾戶人家，最後被送去了修道院。好熱，好熱！她身患瘧疾，奄奄一息，在修道院的床上哀鳴。你為什麼忘了我？

她的父親為何不回答？因為他早已厭倦了活著；因為他寧願回到自己所屬之地，在死亡的彼岸，深陷長眠之中。我可憐的小寶貝！拜倫顫巍巍地勉強唱出這幾個字，但聲音輕到她聽不見。三重奏坐在一旁的暗影中，演奏好似螃蟹的主題，兩條旋律線，一條走高，一條走低，那是拜倫的主題。

第二十一章

蘿莎琳打電話來。「露西說你回開普敦來了。怎麼沒跟我聯絡？」「我現在還不適合見人。」他回道。「你什麼時候適合見人過？」蘿莎琳淡淡挖苦了一句。

兩人約在克萊蒙特一間咖啡館見面。「你瘦了。」她說。「你耳朵怎麼啦？」「沒什麼。」他只這麼回答，沒再多做解釋。

他們交談之際，她的目光不斷轉向那隻奇形怪狀的耳朵。他敢說萬一她不得不去碰它，八成會打個冷顫。她不是會照顧人的那種人。他對他倆之間最美好的回憶，依舊是他們交往的頭幾個月——德班那濡濕的夏夜，因汗水泛潮的床單，蘿莎琳修長白皙的胴體激烈搖擺，分不清是痛還是快。他們是兩個耽於肉欲逸樂之人——這是維繫他們感情的主因，至少在還有感情的時候是如此。

他們談起露西，也講到農場。「我以為她有個朋友跟她住在一起。」蘿莎琳說。

「叫葛蕾絲。」

「是海倫。海倫回約翰尼斯堡去了。我想她們應該是徹底分了。」

「露西一個人待在那麼荒涼的地方，安全嗎？」

「當然不安全，她腦袋壞了才會覺得安全。不過她還是會住下去就是了。這已經事關她個人聲譽。」

「你說你的車被偷了。」

「那得怪我自己。我應該更小心的。」

「我忘了提一件事：我聽說了你審判的事。內幕消息喔。」

「審判？」

「調查、審訊，隨便你怎麼說吧。我聽說你表現得不太好。」

「哦？妳怎麼聽說的？我以為那都是保密的。」

「那不重要。我聽說你給他們的印象並不好。你太強硬了，聽不得別人批評。」

「我沒打算給誰什麼印象。我是在捍衛一個原則。」

「也許吧，大衛，但你現在應該明白，審判的重點不是原則，而是怎麼適當表達自己，讓別人理解你的看法。根據我的消息來源，你表達得很差勁。你捍衛的是什麼原則？」

「言論自由。保持沉默的自由。」

「感覺很了不起嘛。不過你自我欺騙的本事向來都很了不起，大衛。你不但會欺人，也很會自欺。這件事不就是你幹了骯髒事被抓包而已？你敢說還有別的什麼？」

他沒上鉤。

「不管怎麼說，無論你那原則是什麼，對你的聽眾都太深奧了。他們覺得你就是故弄玄虛耍他們。你事先實在應該先找人指導一下應答技巧。那你錢的方面打算怎麼辦？他們是不是不給你退休金了？」

「我這些年的付出，總會有報償的。我打算賣掉房子，我一個人住太大了。」

「那你怎麼打發時間？會再找工作嗎？」

「應該不會。我已經夠忙的了。我在寫東西。」

「寫書嗎？」

「是歌劇，其實。」

「歌劇！唔，那還真是新計畫。希望它能幫你賺大錢。你會搬去和露西住嗎？」

「歌劇只是興趣，玩票寫寫而已，賺不了錢。還有，不會，我不會搬去和露西一起住。這不是好主意。」

「為什麼？你和她關係一向不錯。是出了什麼事嗎？」

這一問來得唐突，但蘿莎琳向來不覺得自己的唐突有什麼不妥。「你可是和我同床了十年。」她曾這麼說過——「還用得著瞞我嗎？」

「露西和我還是處得很好。」他回道。「但不到可以一起住的程度。」

「你好像老是碰上這種事。」

「沒錯。」

兩人一時無語，各自用自己的角度思索他怎麼老是碰上這種事。

「我見過你女朋友了。」蘿莎琳換了個話題。

「我女朋友？」

「你的『inamorata』。梅蘭妮．艾塞克斯——她不是叫這名字嗎？她有齣戲在碼頭劇院。你不知道嗎？我看得出來你為什麼會愛上她。大大的黑眼睛；小黃鼠狼的身材，完全是你的型。你原本肯定以為只是玩玩而已，犯個小錯無傷大雅。現在你看看你，把自己的人生糟蹋成這樣，為的是什麼？」

「我哪有糟蹋人生，蘿莎琳。講話用點腦子。」

「但事實就是這樣！你丟了飯碗，名譽掃地，朋友都躲得遠遠的。你根本是縮頭烏龜，成天窩在托倫斯路那個家。連給你綁鞋帶都不配的人也跟著一起嘲笑你。你這襯衫連燙都沒燙，天知道誰給你剪的頭髮，你還……」她忽地停了自己這輪炮火猛攻。「你的下場就是變成翻垃圾桶的可憐老頭兒。」

「我的下場就是進了地上的大坑。」他說。「妳也是。所有人到頭來都一樣。」

「夠了，大衛，我心情已經很差了，不想跟你吵。」她收起自己的大包小包。「等你吃膩了麵包配果醬，就打給我吧，我會做飯給你吃。」

＊＊＊

這番談話中出現梅蘭妮・艾塞克斯，令他心神不寧。他向來不習慣藕斷絲連。一段關係結束，他就拋到腦後。然而和梅蘭妮之間總覺還有什麼尚未了結。他內裡深處還存著她的氣味，伴侶的氣味。她是否也記得他的氣味？「完全是你的型」，蘿莎琳這麼說，她應該明白。倘若他與梅蘭妮重逢會是如何？是否會在那瞬間忽地湧現某種情愫，暗示那段關係還沒走到終點？

然而，光是想到和梅蘭妮再次接觸已經夠荒唐了。她有什麼理由和千夫所指、加害於她的人交談？再說，她又會怎麼看他——哪來的傻子，有隻怪耳朵、一頭亂髮、上衣領口皺巴巴？

這就像希臘神話中的克羅諾斯與和諧女神成婚——完全背離自然。一旦去除所有華麗的詞藻，就會看到這才是那場審判真正要懲罰的，用審判懲罰他這種生活方式，懲罰這種違背自然的行為——散播老朽的種子、衰頹的種子、無法活化的種子，乃「contra naturam」（拉丁文：違反自然法則）。倘若老男人恣意霸占少女，這個物種還有未來可言嗎？說穿了這就是控方的主張。文學也多半以此為主題——少女為了物種的考量，奮力想掙脫老人的重壓。

他嘆了口氣。年輕人在彼此懷中，無憂無慮，沉醉於感官的樂音中。此地，此國，非老人安身之處。*感覺他把很多時間用來嘆息。真是感慨啊——竟要以如此令人感慨的方式退場。

* 譯註：出自葉慈（W. B. Yeats）的詩〈航向拜占庭〉（Sailing to Byzantium）。

＊＊＊

碼頭劇院直到兩年前還是冷藏倉庫，吊滿豬屍牛屍，等著送往大海彼岸，如今竟成了時尚娛樂場所。他遲到了，正好在燈光轉暗時入座。「首演一炮而紅／欲罷不能加演」——這是《日落地球沙龍》新版的宣傳廣告詞。布景更時髦，導演調度更專業，男主角也換了。儘管如此，他覺得這齣劇粗俗的幽默及明顯的政治意圖，還是像之前一樣難以忍受。

梅蘭妮還是演她原來的角色，那個新手美髮師葛蘿莉亞。她一身粉紅色卡夫坦長衫，搭配金光閃閃的緊身褲，化著豔麗的濃妝；長髮盤成一圈圈堆在頭頂，足蹬高跟鞋，踉踉蹌蹌走在舞台上。劇本給她的台詞固然老套，但她很會抓講台詞的時間點，外加嬌嗔的開普荷語口音。她整體表現比以前更有自信——其實她把自己的角色演得很好，是真有這方面的天賦。莫非在他離開的這幾個月，她逐漸蛻變成熟，找到了自己？「殺不死我的令我更強大。」或許那場審判對她也是一種考驗；或許她也承受磨難，終於熬了過來。

他多希望能收到某種信號。只要有信號他就知道該怎麼做。倘若，比方說，她身上那些可笑的衣服，能在冰冷、隱密的烈愛之焰中悉數燒去；她將站在他面前，僅僅對著他袒露自己，如同他們在露西以前的房間共度的最後一夜，赤裸而完美。

他四周坐的都是來度假的觀光客，紅光滿面，對自己渾身的肥肉怡然自得，看劇看到渾然忘我。他們很喜歡梅蘭妮飾演的葛蘿莉亞，聽到有黃色笑話的台詞就吃吃笑，看到劇中人互飆髒話更是哄堂大笑。

儘管這些人是他的同胞，但他和他們坐在一起只覺無比疏離，彷彿自己只是假扮成觀眾。然而看他們為了梅蘭妮的台詞而笑，他內心不禁湧起一股自豪，很想轉向他們說：「那是我的！」彷彿她是他的女兒。

忽地毫無預警，多年前的記憶回來了：他曾在出了川普斯堡的N1國道高速公路讓一個二十來歲的女子搭便車。她一個人從德國來這裡旅遊，曬得黝黑，滿身塵土。他們一路開到圖斯河，進了一間旅館。他帶她飽餐一頓，和她上床。他記得她修長結實的腿；記得她柔軟的髮絲，在他指間輕盈如羽。

一連串的畫面就此宛如豪雨傾盆，驟然間無聲當頭澆下，畫面上是他曾在兩大洲認識的女人，其中有些年代久遠，幾乎認不得是誰。他彷彿墮入一場清醒的夢，看著這一幅幅畫面好似風中落葉，紛亂閃過眼前。「一片滿滿是人的良田」*——幾百條生命與他的生命交纏在一起。他屏住呼吸，一心想讓腦中的畫面繼續下去。

她們，那些女人，那些生命後來怎麼了？她們（或她們之中的某些人）是否也有驟然間身不由己、墜入記憶汪洋之時？那個德國女孩——她有沒有可能也在此刻想起非洲那個在路邊讓她上車、與她共度一夜的男人？

「充實」——那些報紙還特別把這個詞揶揄了一番。以當時的情況，用這兩字的確不智，也實在不該脫口而出，但如今他仍覺得自己說得沒錯。梅蘭妮也好，圖斯河那個女孩也好；蘿莎琳、貝芙·蕭、索拉雅也好——這之中的每個人都充實了他，其他的女人也是，連最微不足道的人、最不堪回首的經驗都充實了他。他心中滿溢感恩之情，宛若胸中花朵盛放。

這種時刻從何而來？在半夢半醒之間，毫無疑問，但這又說明了什麼？假如他受了引領，那是什麼神引領著他？

台上的劇還是拖拖拉拉沒完沒了，演到梅蘭妮不小心把掃帚和電線纏在一起。製造效果的鎂光一閃，舞台瞬間陷入黑暗。「哎喲耶穌基督，妳這笨丫頭！」理髮師發出刺

---

* 譯註：出自中世紀英國詩人威廉·朗蘭（William Langland）的名詩〈農夫皮爾斯〉（Piers Plowman）。

耳的尖叫。

他和梅蘭妮之間隔了二十排座位，但他希望她能在這一刻跨越空間嗅到他，讀出他的心思。

有什麼東西在他的頭上輕敲了一下，把他喚回現實。沒多久又一個東西飛來，打到他前方的座位——是個彈珠大小的紙團。第三顆打中他的脖子。可以肯定他就是目標。

他理應轉頭怒瞪，理應大吼「是誰幹的？」。要不然也可以繼續直視正前方，假裝沒注意到。

第四顆紙團擊中他的肩膀，彈到空中。鄰座的男子疑惑地瞄了一眼。

舞台上已經演到理髮師席尼撕開那個攸關存亡的信封，大聲朗讀房東下的最後通牒。他們必須在月底前付清積欠的房租，否則地球沙龍就得關門大吉。「我們該怎麼辦哪？」洗頭小妹米莉安哀嘆。

「嘿。」他背後傳來一聲輕喚，音量很小，不至於打擾前排的觀眾。「嘿。」

他轉過頭，紙團隨即打中他的太陽穴。有個身影倚著劇院最後排的牆壁，是萊恩，那個戴耳環、蓄山羊鬍的男友。兩人四目相接。「盧里教授！」萊恩啞著嗓子輕聲道。他的舉止很過分，態度卻是一派自在，唇邊浮起微微的笑意。

台上的劇照演，但此時他周圍已經明顯騷動起來。「嘿。」萊恩再次輕喚。「不要吵！」和他隔了兩個座位的女人喊道，而且是衝著他喊，儘管他根本沒發出半點聲音。

他只得使勁擠過五雙膝蓋（邊走邊喃喃道：「不好意思……借過……」），忍受眾人怒氣沖沖的眼神和低語，才勉強到了走道，找到出口，步入月黑風高的夜。

背後傳來聲音。他轉身，只見香菸閃爍一星火光——萊恩尾隨他到了停車場。

「你要不要解釋一下？」他的火氣頓時爆發。「幹麼做這麼幼稚的事？」

萊恩吸了口菸。「只是幫你個忙，教授。難道你沒學到教訓嗎？」

「什麼教訓？」

「跟你的同類待在一起。」

你的同類——這小子憑什麼跟他說他是哪一類？他哪裡懂得有種力量能驅使最不相干的陌生人彼此擁抱，讓他們成為同族、同類，超越所有理性的顧慮？「Omnis gens quaecumque se in se perficere vult」（拉丁文：無論哪種國家，都在努力追求自我實現）。生之種子原本就會驅使自己實現自我，驅使自己深深進入女人體內，驅使自己創造未來。驅使，受驅使。

萊恩的話還沒停。「別來煩她了，大哥！梅蘭妮要是看到你，會讓你死得很難看喔。」他丟下菸，朝他跨了一步。在耀眼得宛如燃燒的繁星下，兩人怒火沖天對峙著。

「去過另一種人生吧，教授。相信我。」

＊＊＊

他沿著綠岬區的主街慢慢開回家。讓他死得很難看：他還真沒料到。他握著方向盤的手不由自主顫抖。令他懷疑人生、翻天覆地的震撼——他必須學會泰然處之。

這晚出來的妓女還不少。等紅綠燈時他注意到其中一個，身穿黑色皮革迷你裙的高個子女孩。他心想，今晚已經得到這麼多人生的啟示了，有何不可？

他們停在信號山山坡上的某條死巷裡。那女孩醉了，也或許吸了毒，總之他沒聽她講過一句完整的話。然而她在他身上的表現還算不錯，如他預期。事後她把臉埋在他腿間休息。她看上去比街燈下的模樣還年輕，甚至比梅蘭妮還年輕。他把手放在她頭上。原先的顫抖已經停了。他昏昏欲睡，心滿意足，同時也莫名生出了保護欲。

原來只要這樣就好了！他想。我怎麼忘了這一點？

不是壞人但也不算好人。不冷卻也不熱，就連他最熱的時候也一樣。不符合泰瑞莎的標準，甚至也不符合拜倫的標準。缺乏火焰。這會是對他的最終判決——宇宙及全視之眼的判決嗎？

女孩動了動，坐起身。「你要帶我去哪裡？」她喃喃道。

「我帶妳回剛剛發現妳的地方。」

第二十二章

他和露西繼續用電話保持聯絡。兩人的對話總是一樣——她得花一番工夫跟他保證農場都很好；他則努力佯裝對她的說詞毫無懷疑。她說春季的作物正在開花，花圃就夠她忙的了。犬舍又開始營運，目前有兩隻狗全天寄養，應該還會有狗進來。佩楚斯在忙自己的房子，但偶爾還是會過來幫忙。貝芙夫妻也經常來訪。不用，她不需要錢。

但露西語氣中的什麼總讓他心裡有個疙瘩。他打電話給貝芙・蕭。「我除了妳沒人能問了。」他說。「露西還好嗎，老實說？」

貝芙・蕭回得很謹慎。「她跟你說了什麼？」

「她跟我說一切都好，但她語氣跟僵屍一樣，好像吃了鎮靜劑似的。她有嗎？」

貝芙・蕭沒正面回答這問題。不過，她說（她似乎小心翼翼選擇用字）——事情最近有些「發展」。

「什麼發展？」

「我不能跟你說，大衛。別逼我。得由露西親自告訴你。」

於是他打給露西。「我得去德班一趟。」他沒說真話。「可能有個工作機會。我可不可以去妳那邊待一兩天？」

「貝芙跟你說了什麼是嗎？」

「貝芙跟這件事無關。我可以過去嗎？」

他搭飛機去伊莉莎白港，租了車。兩小時後，他便從主要道路轉向通往農場的小路——露西的農場，露西的那塊地。

這也是他的地嗎？感覺不像他的地。儘管他在這裡待過一段時間，感覺依然像陌生的土地。

這裡已經有些不同。在露西的地和佩楚斯的地之間，豎了一道分界用的鐵絲網圍籬，只是施工手法不怎麼專業。佩楚斯那邊的地上有兩頭瘦巴巴的小母牛正在吃草。佩楚斯的新屋已成為具體的存在。外觀是單調的一片灰，矗立在舊農舍東邊的小丘上。他想，這屋子肯定會在上午投下長長的陰影。

露西來開門，身穿直筒型罩衫，應該也是睡衣。她過去那種活力十足的神采不見了。臉色蒼白，頭髮沒洗，回擁他時毫無溫情。「進來吧。」她說。「我正要泡茶。」

兩人同坐在廚房的桌前。她倒茶，拿了包薑餅給他。「講講德班那個工作機會吧。」她說。

「那可以待會兒再說。我來這一趟，露西，是因為我擔心妳。妳還好嗎？」

「我懷孕了。」

「妳什麼？」

「我懷孕了。」

「是誰的？是因為那天嗎？」

「就是因為那天。」

「我不懂。我以為妳和家醫都處理好了。」

「沒有。」

「『沒有』是什麼意思？妳是說妳沒處理？」

「我有。除了你暗示的那個以外，所有該做的合理保護措施我都做了。但是我不打算墮胎。那種事我不想再經歷一次。」

「我不知道妳是這麼想的。妳從來沒說妳不認同墮胎。但怎麼會扯上墮胎不墮胎？我以為妳吃了避孕藥。」

「這和認同無關。我可沒說過我吃了避孕藥。」

「妳應該早點告訴我的。幹麼要瞞著我？」

「因為我受不了看你情緒大爆發。大衛，我不能看你喜不喜歡我的一舉一動來過我的人生。再也不能了。你的反應就像是：不管我做什麼，都是你人生經歷的一部分。你是主角，我是半路才出場的小配角。其實呢，跟你想的正好相反，人不是只分成主角和配角。我也不是配角。我有我自己的人生。你覺得你的人生很重要，我的人生對我也很重要。我的人生由我自己決定。」

爆發？碰上這種事，難道還不足以構成爆發的理由？「夠了，露西。」他說著，伸手越過桌面握住她的手。「妳的意思是想把這孩子生下來？」

「對。」

「是那幾個男的其中一個的？」

「對。」

「為什麼？」

「為什麼？我是女人，大衛。你覺得我厭惡小孩嗎？我應該因為孩子的父親是誰，就決定不要這個孩子嗎？」

「有人會這樣。妳預產期是什麼時候？」

「五月。五月底。」

「所以妳已經下定決心了？」

「對。」

「那好吧。這件事讓我太震驚了，老實說。但不管妳做什麼決定，我都會支持妳，絕對的。我現在要去散個步。我們可以待會兒再談。」

為什麼他們現在不能談？因為他受的震撼太大了；因為他也有可能會爆發。她說她不想再經歷一次，代表她之前墮過胎。這實在是他始料未及。那會是什麼時候的事？是她還住在家裡的時候嗎？蘿莎琳是否知情，他卻被蒙在鼓裡？

那個惡霸三人組。三個父親合為一體。露西說他們是強姦，不是強盜——他們是強姦犯兼收稅員，在這個地區閒晃，攻擊女性，盡情享受他們由暴力滋生的快感。嗯，露西說錯了。他們不是強姦，而是交配。不是以快感為原則主導一切，而是睪丸——鼓脹的兩個囊袋，裝滿亟欲實現自我的種子。如今，看啊，孩子！它不過是他女兒子宮中的一條小蟲，他卻已經叫它「孩子」了。這樣的種子之所以進入女人，背後的驅動力不是愛，而是仇恨，在混亂下交合，只為了玷汙她，在她身上做記號，就像狗尿——這樣的種子能孕育出哪種孩子？

一個從不明白有兒子是什麼感覺的父親——這就是最後的結局嗎？他的血脈就要這樣斷絕，就像水一滴滴落在土裡？有誰想得到！這天一如平常，萬里無雲，陽光和煦，但驟然間一切都變了，徹底變了樣！

他倚著廚房外的牆，雙手掩面，嘔了又嘔，終於放聲痛哭。

＊＊＊

他在露西之前的臥室安頓下來，露西一直沒搬回那房間。天黑前他都避著她，生怕自己衝動之下會說出什麼不該說的話。

兩人晚餐時，他又知道了一件原先不知情的事。「對了。」她說。「那個男生回來了。」

「那個男生？」

「對，就是跟你在佩楚斯派對上起衝突的那個男生。他現在住在佩楚斯家，跟著幫忙。他叫波魯克斯。」

「不是蒙切迪西？不是恩卡巴雅克？不是什麼很難發音的名字，就叫波魯克斯？」

「P-O-L-L-U-X。大衛，可不可以不要再用這麼惡劣的方式挖苦別人？」

「我不明白妳的意思。」

「你明白得很。我小時候你用這種方式羞辱我好多年。你不可能忘了吧。總之，原來波魯克斯是佩楚斯太太的弟弟。是不是親弟弟我不知道。不過佩楚斯對他有義務，家人的義務。」

「所以真相慢慢出來了是吧。這個小波魯克斯現在回到犯罪現場，我們還得裝作什麼事都沒發生過？」

「不用這麼憤慨，大衛，憤慨也沒用。佩楚斯說波魯克斯輟學了，找不到工作。我只是想先提醒你說他人在這裡。假如我是你，我會避開他。我覺得他有哪裡不太對勁，但我沒法叫他離開這塊地，我沒那個權力。」

「尤其是……」他沒說完。

「尤其是什麼？說吧。」

「尤其是，他可能是妳肚子裡的孩子的父親。露西，妳的情況愈來愈荒謬了，甚至比荒謬還糟，簡直是邪門。我不明白妳怎麼看不到這一點。我拜託妳，趁還來得及，趕快離開這個農場吧。這是唯一理智的選擇。」

「別再叫它『農場』了，大衛。這不是農場，只是一塊讓我種點東西的地——你知我知。但我不，我不會放棄這裡。」

他懷著沉重的心情去睡了。露西和他之間什麼都沒改變，什麼都沒癒合。兩人互相開炮，彷彿他從來沒離開過。

＊＊＊

到了早上。他吃力翻過新搭的圍籬。佩楚斯的太太在那間老舊的馬廄後面晾洗好的衣服。他用英語先說「早安」，再用科薩語問好：「摩羅。」接著回到英語：「我找佩楚斯。」

她沒正眼看他，只是有氣無力指向蓋房子的工地，動作緩慢而沉重。她的預產期快到了——連他都看得出來。

佩楚斯正在裝窗戶的玻璃。兩人有陣子不見，理應互相寒暄一番，但他實在沒那個心情。「露西跟我說那個男生又回來了，」他說。「波魯克斯。就是那個攻擊她的男生。」

佩楚斯把刀上的東西刮乾淨，放下。「他是我親戚。」他說，還在「親戚」兩字加重了語氣。「現在因為之前那件事，我就得趕他走嗎？」

「你跟我說你不認識他。你騙我。」

佩楚斯把菸斗擱在黃板牙間，猛力吸了好幾口，再移開菸斗，咧嘴一笑。「我騙人是吧。」他說。「我騙了你。」又吸了一口菸斗。「我幹麼要騙你？」

「別問我，問你自己，佩楚斯。你幹麼騙我？」

笑容消失了。「你走了，又回來——為什麼？」他雙眼怒睜，一臉質問的神情。

「你在這裡沒事幹。你是來照顧你的孩子。我也要照顧我的孩子。」

「你的孩子？現在他成了你的孩子啦，這個什麼波魯克斯？」

「對。他是孩子。他是我的家人，自己人。」

好，終於說真話了。不用再騙了。自己人。應該不會有比這個更坦白的答案吧。那，露西也是他的「自己人」呀。

「你說之前那件事不好。」佩楚斯又說。「我也說不好。很不好。可是已經結束了。」他抽出嘴裡的菸斗，用斗柄對空中猛力戳了幾下。「已經結束了。」

「還沒結束。別假裝你不懂我的意思。這件事還沒了。而且正好相反，現在才開始呢。就算我死了，你也死了，這件事還是會繼續下去的。」

佩楚斯若有所思望著他，並沒裝出聽不懂的樣子。「他會娶她。」他終於冒出這句話。「他會娶露西，只是他現在還太年輕，年紀太小，還不能結婚。他還是個孩子。」

「很危險的孩子。小土匪。卑鄙狡猾的東西。」

佩楚斯沒理會他那些罵人話。「對，他年紀太小，太小了。也許將來有一天他可以娶太太，但現在不行。我娶。」

「你要娶誰？」

「我要娶露西。」

他不敢相信自己的耳朵。原來前面這些都只是虛晃一招——重點是他這個盤算！最後這記重拳才是來真的！佩楚斯只是直挺挺站著，對著空菸斗吸吸吐吐，等他回應。

「你要娶露西。」他小心斟酌著怎麼回應。「你說一下你是什麼意思。不，等等，還是別解釋了。我不想聽。我們不是這樣做事的。」

「我們」——他差點脫口而出，我們西方人。

「是，我懂，我懂。」佩楚斯說，露出明顯的竊笑。「不過現在我跟你說了，你再去跟露西說。這樣就結束了，所有的壞事就結束了。」

「露西不想結婚，也不想嫁給男人。她不會考慮這種選項。我沒辦法說得更白了。她想過自己的生活。」

「是，我知道。」佩楚斯說，也許他真的知道。他還真不能小看佩楚斯這個人。「不過在這地方……」佩楚斯語氣一轉：「這樣很危險，太危險了。女人一定要結婚。」

＊＊＊

他回來後把經過跟露西說了。「我已經盡量不小題大作了。但我還是不敢相信自己的耳朵。這簡直是敲詐嘛。」

「這不是敲詐，你誤會了。希望你當下沒對他發脾氣。」

「沒，我沒發脾氣。我只說我會轉達他的提議，如此而已。我還說我猜妳不會有興趣。」

「你覺得他這麼講冒犯到你嗎？」

「因為我有可能當佩楚斯的岳父？沒有。我大吃一驚，嚇到整個人呆掉了，不知該怎麼反應才好。不過，沒有，我不覺得他冒犯我。我修養沒那麼差吧。」

「因為呢，我得跟你說，這不是第一次了。已經有好一陣子，佩楚斯三不五時就會暗示，說我會發現在他底下更安全。這不是開玩笑，也不是威脅。他某個程度上是認真的。」

「我相信他在某種意義上是認真的。問題是哪種意義？他知道妳是……？」

「你是指他知道我的情況嗎？我沒跟他說，但我相信他和他太太自己會把事情兜起來的。」

「那他不會因此改變主意嗎？」

「有必要嗎？這樣反而讓我更能融入那個家族。反正他要的不是我，他要的是這座農場。這座農場就是我的嫁妝。」

「但這簡直荒唐，露西！他是有婦之夫啊！妳不是跟我說他有兩個老婆？妳怎麼會考慮這種可能？」

「我覺得你沒搞清楚重點，大衛。佩楚斯不是打算為我辦個教堂婚禮，再帶我去野性海岸度蜜月。他是提供一種結盟關係，一樁交易。我提供土地作為交換，才有資格鑽到他的翅膀底下。他想提醒我的是，如果不這樣做，我就沒人保護，隨便誰要攻擊我都可以。」

「這還不算敲詐？那跟私人有關的方面呢？難道這個提議不包含私人層面？」

「你的意思是，佩楚斯會要我和他上床嗎？我不知道佩楚斯想不想和我睡，除非他想強調自己說到做到。不過，講老實話，不想，我不想和佩楚斯上床。絕對免談。」

「那我們也不用討論下去了。我就把妳的決定轉告佩楚斯——說妳不接受他的提議，但我不說原因，怎麼樣？」

「不。等等。在你擺這種高姿態去找佩楚斯之前，先冷靜一會兒，客觀考慮一下我的處境。客觀來看，我是女人，就只有自己一個人，沒有兄弟。有父親沒錯，但住得那麼遠，對這裡的情況完全使不上力。我需要保護、需要支持的時候可以找誰？艾汀格嗎？有人在艾汀格背後開一槍讓他再見，只是遲早的事。講得現實一點，這裡只剩下佩楚斯了。佩楚斯或許不是什麼大人物，但對我這樣的小人物來說，已經夠大了。再說我至少對佩楚斯有點了解。我對他沒有幻想。我知道自己這麼做為的是什麼。」

「露西，我正在賣開普敦那棟房子。我願意送妳去荷蘭。又或者，只要妳找個比這裡安全的地方重新開始，不管妳需要什麼，都包在我身上。考慮一下吧。」

她彷彿完全沒聽見他的話。「你回去找佩楚斯。」她說。「跟他說我接下來講的這些事。跟他說我接受他的保護；他不管用哪種說法來解釋我們的關係，我都沒有意見。要是他想對外說我是他的第三個太太，那就這麼辦；要說我是他的妾也行。不過這樣就代表這孩子也是他的。這孩子也會是他家族的一員。至於這塊地，跟他說只要這房子仍然歸我，地我會轉讓給他。以後我就是跟他租地的租戶。」

「bywoner。」（南非荷語：白人佃農）

「對，白人佃農。但房子還是我的，我再說一遍。沒有我的允許，誰都不能進這屋子一步，包括他。犬舍也歸我。」

「這行不通，露西。法律上行不通。妳也知道。」

「那你有什麼建議？」

她穿著睡袍和拖鞋，腿上放的是昨天的報紙。長髮無精打采垂散；過胖的身軀鬆垮垮的，是不健康的那種胖。她愈來愈像在安養院走道上拖著腳步、喃喃自語的女人。佩楚斯幹麼還花那個工夫來交涉？她根本撐不久——放她一個人，等時候到了，她自然會凋落的，像爛掉的果子。

「我已經講了我的建議了。就那兩種方案。」

「不，我不會走的。去找佩楚斯，把我剛剛講的都告訴他。跟他說我放棄我這塊地。跟他說他可以拿去，所有權、地契等等，都是他的。他會很高興的。」

兩人之間一陣沉默。

「這實在太屈辱了。」最後是他開口。「這麼高的期望，卻落得這樣結束。」

「是，我有同感，真的很屈辱。但或許這也是重新開始的好機會。或許我就是得學會接受這點。從零開始。兩手空空。不是苟延殘喘，是真的一無所有。沒本錢，沒武器，沒財產，沒權利，沒尊嚴。」

「像狗。」

「對，像狗。」

第二十三章

上午過了一半。他已經帶那隻叫凱蒂的鬥牛犬出門散步了一陣子。意外的是凱蒂居然跟得上他，若不是因為他走得比以前慢，那就是她變快了。她還是照樣嗅來嗅去、氣喘吁吁，但這舉動似乎再也不會把他惹毛了。

等一人一狗快走到家，他發現那個男孩——也就是佩楚斯說的「自己人」，面向屋後的牆站著。他起先以為男孩在撒尿，然後才意識到男孩是從浴室的窗戶偷窺露西。

凱蒂喉中隱隱發出咆哮，但男孩看得出神，完全沒注意。等他看完轉身，一人一狗已經來到眼前。他隨即一耳光甩在男孩臉上。「你這畜生！」他怒吼，跟著又是一耳光，打得男孩站都站不穩。「骯髒下流的畜生！」

男孩嚇到忘了臉上的痛，轉身想跑，卻被自己的腳絆倒。凱蒂立刻撲上去，緊咬住男孩的手肘，用前腿穩住身體，邊低吼邊使勁向外拉扯。男孩痛得大叫，拚命想掙脫，頻頻出拳反擊，但拳頭軟綿綿的，凱蒂根本不當回事。

「畜生！」這兩字仍在空氣中迴盪。他從未感到如此本能而劇烈的憤怒。他想給這男孩應得的懲罰——狠狠給他一頓毒打！他這輩子一直避用的詞彙突然變得合理又正確：給他點教訓，讓他知道他是什麼身分。原來是這種感覺啊，他心想！原來當個野蠻人就是這樣！

他狠踹了男孩一腳，男孩往旁邊一倒，攤成大字形。波魯克斯！這什麼鬼名字！

凱蒂改換攻擊位置，爬到男孩身上，毫不留情扯他的手臂、撕他的襯衫。男孩想推開她，但她不動如山。「呀呀呀呀呀！」男孩痛得高喊。「我要殺了你！」他大叫。

接著露西出現了。「凱蒂！」她喝斥。

凱蒂斜瞟她一眼，不為所動。

露西只得跪下，抓住凱蒂的項圈，放輕嗓門急急說了些話，凱蒂這才不情願地鬆口。

「你還好嗎？」她問男孩。

男孩痛得呻吟，淌下兩行鼻涕。「我要殺了你！」他咬牙切齒迸出這句，看樣子下一秒就要放聲大哭了。

露西幫他把袖子摺好。凱蒂留下了斑斑咬痕。黑皮膚在他們的目光下逐漸冒出血珠。

「來吧，我們去洗乾淨。」她說。男孩抽抽鼻子，吸進鼻涕眼淚，搖搖頭。

露西只穿著一件薄薄的晨褸，站起身時腰帶鬆脫，露出雙乳。

他上一次看到女兒的胸部是她六歲那年，雙乳好似含羞帶怯的玫瑰花苞。如今那乳房沉重而圓潤，近乎牛奶色的白皙。頓時四周的空氣凝結了。他盯著看；男孩也盯著看，毫無愧色。憤怒的狂潮再度湧上，模糊他的視線。

露西趕緊轉身背對兩人，遮住自己。男孩也在瞬間起身拔腿就跑。「我們會把你們統統殺掉！」他高喊。說著又折回來，故意把種了馬鈴薯的菜圃亂踩一通，再從圍籬下方鑽出去，奔向佩楚斯的房子。儘管他仍然小心護著手臂，倒是又走得趾高氣昂了。

露西說得對。這男孩不太對勁，腦袋有問題。一個有暴力傾向的孩童，住在年輕人的身體裡。但不僅如此，還有某個層面是他不明白的。露西是怎麼了，想保護那個男孩？

露西開口：「不能再這樣下去了，大衛。我能應付佩楚斯和他那群『aanhangers』

（南非荷語：跟班）；你，我也應付得了。但你們加起來，我應付不了。」

「他在窗戶外面盯著妳看。妳知道嗎？」

「他精神有問題，這孩子精神不正常。」

「這是藉口嗎？所以他就可以這樣對妳？」

露西的嘴唇動了動，但他聽不到她說什麼。

「我不信任他。」他止不住自己的話。「這人賊溜溜的，像隻胡狼東聞聞西探探，一有機會就惹事。以前我們對他這種人有個詞。缺陷。智能缺陷。道德缺陷。他應該去精神病院。」

「這樣講很不負責任，大衛。如果你是這麼想，那你自己一個人知道就好。無論如何，你對他的看法不是重點。他人已經在這裡，不會咻一下就消失，他就是必須面對的現實。」她正對著他，瞇眼望向陽光。凱蒂在她腳邊趴坐下來，微微喘著氣，十分滿意自己今天的表現。「大衛，這樣下去不是辦法。原本事情已經漸漸上了軌道，好不容易平靜下來，你一回來就全亂了。我必須讓自己處在平靜的環境裡。為了這個，要我做什麼都願意，不管犧牲什麼都可以。」

「所以妳願意犧牲我？」

她聳肩。「我沒這麼說，是你說的。」
「我這就去收拾行李。」

＊＊＊

幾小時過去，他的手仍因為方才打了人隱隱作痛。一想到那個男孩和他撂下的狠話，他便滿腔怒火，同時又自慚不已。他深深責怪自己。他想給人教訓，最後卻誰也沒教訓到——當然更沒教訓到那個男孩。他只是讓自己和露西更加疏離。他讓她見到自己盛怒下的模樣，她顯然並不喜歡。

他應該道歉，卻辦不到。他似乎控制不了自己。波魯克斯就是有些地方會惹他暴怒：醜惡而無神的小眼睛、目中無人的放肆，但也包括浮現他腦海的一個念頭——這男孩的根，如今得以和露西與露西的存在糾纏在一起，好似雜草。

要是波魯克斯再來汙辱他的女兒，他一定會再次好好修理他。Du musst dein Leben ändern!（德國詩人里爾克的名言：你必須改變你的生活！）好吧，他太老了，聽不進勸告；太老了，改不了習慣。露西或許能在暴風雨來襲時折腰，但他不能，不能為此放棄自己的尊嚴。

這就是為什麼他必須聽泰瑞莎想說的話。泰瑞莎可能是僅存的、唯一能拯救他的人。泰瑞莎早已把尊嚴拋到一邊。她在陽光下盡情袒露雙乳；在僕人面前大彈班究琴，毫不在乎他們得意的竊笑。她有永生的渴望，也唱出她的渴望。她不會死的。

＊＊＊

他到了診所，貝芙‧蕭剛好要走。兩人相擁，好似陌生人帶點遲疑。很難相信他們曾經赤裸躺在彼此懷中。

「你只是來住個幾天，還是要在這裡待一陣子？」她問。

「有必要的話，要我待多久都可以。但我不會跟露西住在一起。我們有點不愉快。我打算在鎮上租個房間。」

「很遺憾事情變成這樣。是怎麼回事？」

「露西和我之間嗎？沒事，我希望沒事。沒什麼不能解決的。問題是她生活周圍的那群人。加了我，人就變得太多。這麼小的空間要擠這麼多人，就像在瓶子裡放一堆蜘蛛。」

他腦中浮現但丁《神曲》中〈地獄〉篇的畫面：那個名為斯提克斯的大沼澤，有許多靈魂好似蘑菇在湯裡煮滾著。Vedi l'anime di color cui vinse l'ira（義文：看那些因憤怒而毀滅的靈魂）。被憤怒吞噬的靈魂，相互啃咬，無止無休。正所謂罪罰相應。

「你是說搬去跟佩楚斯住的那個男生。我得說我不喜歡他那個樣子。但是只要佩楚斯在，露西一定不會有問題。不過大衛，或許時候到了，你該退一步，讓露西自己去解決問題。女人的適應力一向很強，露西就是。再說她還年輕，生活方式又比你更貼近現實，比你跟我都務實。」

露西很能適應環境？他過去看到的可不是這樣。「妳一直跟我說要退一步。」他說。「要是我一開始就退到後面不管，露西現在又會怎樣？」

貝芙．蕭沒作聲。他是不是有些什麼，貝芙．蕭看得見，他卻不能？因為動物信任她，他是否也應該信任她，讓她幫他上一課？動物信任她，她則利用這種信任來把牠們清除掉。這其中的啟示又是什麼？

「要是我退一步……」他支吾道：「萬一農場又發生什麼新的變故，我以後有什麼臉面對自己？」

她聳聳肩。「問題在這裡嗎，大衛？」她輕聲問。

「我不知道。我再也不知道問題是什麼了。露西這一代和我這一代之間，好像有道簾子拉了下來。我甚至沒注意到是什麼時候拉下的。」

兩人之間沉默良久。

「總之……」他接著說：「我沒辦法跟露西住，所以我正在找住的地方。要是妳正好聽到在葛蘭姆斯鎮哪裡有房子，跟我說一聲。我這趟來主要是說，我可以來診所幫忙。」

「那就真的幫大忙嘍。」貝芙・蕭說。

＊＊＊

他向比爾・蕭的某個朋友買了輛半噸的皮卡，先用支票付了一千蘭特，尾款七千蘭特的支票付款日則開在月底。

「你打算用這輛皮卡做什麼？」那男人問。

「載動物。狗。」

「你要在車後面裝上護欄，狗才不會跳出來。我有認識的人可以幫你裝護欄。」

「我的狗不會跳。」

根據車籍資料，這輛皮卡已經出廠十二年，但引擎聽來還算順暢。更何況，他對自己說，這輛車用不著開一輩子。沒什麼東西非永久存在不可。

他在葛蘭姆斯鎮當地的《葛羅考特郵報》上看到出租廣告，在醫院附近某棟房子分租了一間房間。他用「盧里」當名字登記，預繳一個月房租，跟女房東說他來葛蘭姆斯鎮接受門診治療。他沒說治療什麼，但知道她會想成癌症。

他花錢如流水。無所謂。

他在露營用品店買了電湯匙、小瓦斯爐、一只鋁鍋。帶回房的途中，在樓梯上遇見女房東。「我們不准在房間開伙喔，盧里先生。」她說。「怕發生火災，你知道的。」

房間裡又暗又悶，塞了太多家具，床墊凹凸不平。但他終究會習慣的，畢竟其他的事他也習慣了。

除了他以外，唯一的租客是個退休老師。他們會在早餐時彼此招呼，別的時候毫無交談。早餐後他就出門去診所，在那邊待上整天，週日也不例外。

診所比租處更像他的家。他在診所後的空地拼拼湊湊搭起自己的窩，用的是蕭家的桌子和舊扶手椅，外加一把海灘傘，好在陽光最毒辣的時候有點遮蔭。他把小瓦斯爐帶過來燒水泡茶，也加熱罐頭食物——口味有肉丸義大利麵、杖蛇鯖魚配洋蔥。他一天餵兩次診所的動物，打掃牠們住的圍欄，偶爾和牠們講講話。其他時間就看看書、打瞌睡。要是診所只剩他一人，就用露西的班究琴彈奏他打算為泰瑞莎·圭丘里譜寫的曲子。

在那孩子出生前，這就是他的生活。

有天早上，他抬眼瞄到水泥牆上冒出三張小男孩的臉正在偷看他。他站起身，狗兒吠了起來。三個男孩連忙往下一跳，嘻嘻哈哈一哄而散。等他們回家就有故事可講了：有個瘋老頭跟一堆狗坐在一起自彈自唱！

確實是瘋了。他該怎麼向他們、他們的父母、向D村解釋：到底泰瑞莎和她的情人造了什麼孽，居然被帶回這個世界？

第二十四章

泰瑞莎身穿白色長睡衣，站在臥房窗前。閉著眼。這是夜裡最黑暗的時分：她深深吸氣，吸進颯颯的風聲，牛蛙的鳴唱。

「Che vuol dir」（意義何在），她唱著，嗓音幾如耳邊細語——「Che vuol dir questa solitudine immensa? Ed io」（這巨大的孤寂意義何在？而我）她唱道——「che sono?」*（我是什麼？）

一片死寂。那「solitudine immensa」（巨大的孤寂）不作回答。就連牆角的三重奏也如睡鼠般靜默。

* 譯註：出自義大利詩人賈柯莫・里歐帕迪（Giacomo Leopardi，1798-1837）的詩〈亞洲遊牧人夜曲〉（Canto notturno di un pastore errante dell' Asia）。

「來吧！」她輕喚。「到我身邊來吧，求求你，我的拜倫！」她張開雙臂，擁抱黑暗，擁抱黑暗將帶來的一切。

她希望他乘風而來，用自己的身軀裹住她，把臉埋在她雙乳間。她希望他在黎明到來，宛如太陽神現身天際，用溫煦的光芒照著她。不管用什麼方法，她只要他回來。

他坐在後院（或說犬舍）的桌前，聽著迎向黑暗的泰瑞莎以跌宕起伏的歌聲苦苦哀求。這是泰瑞莎每個月最難受的時候，不僅要承受身體的痛楚，沒有一刻睡得著，更因渴望無法成真而憔悴。她希望有人搭救——讓她遠離痛苦、遠離暑熱、遠離父親的別墅、父親的壞脾氣、遠離一切。

她拿起放在椅上的曼陀林，像抱小孩一樣把它抱在懷裡，走回窗前。叮鈴—叮啷，曼陀林在她懷中柔柔低吟，免得驚醒她父親。叮鈴—叮啷，班究琴在非洲這荒涼的院子嘶啞作響。

只是玩票寫寫，他之前對蘿莎琳這麼說。這不是實話。歌劇不是興趣，再也不是。歌劇日日夜夜磨耗著他。

然而，儘管《拜倫在義大利》偶有神來一筆，實則一事無成。沒有情節、沒有進展，只有泰瑞莎對著空洞的四下引吭高歌，斷斷續續唱出冗長的柔聲曲調，不時夾雜拜倫在後台發出的呻吟與嘆息。泰瑞莎的丈夫和她的情敵們早已給晾在一邊，彷彿從不存在。他內心流露真情的衝動或許尚未死透，但挨了數十年的餓，如今勉力爬出洞穴的只是形容枯槁，扭曲醜陋的東西。《拜倫在義大利》從一起頭就單調乏味，但他缺乏足夠的音樂造詣，沒有足以為作品注入能量的功力來解決這個困境，搞得這齣劇像是邊夢遊邊寫的作品。

他嘆了口氣。寫齣非主流小型室內歌劇，以作者之姿風光重出江湖，該有多好。但不會有這一天了。他的期望必須降低——他期望在雜亂無章的聲音中，能有個真實的、傳達永生之渴望的音符，如鳥兒倏地振翅高飛。至於有沒有人能認出這個音符，那就留給以後的學者判斷吧，假如那時還有學者的話。因為這音符出現之際（倘若真會出現），他自己應該也聽不出來——他太清楚藝術與藝術的門道了，不覺得自己辦得到。但假如露西能在她有生之年聽到這音符確實存在的證明，因此對他刮目相看，那也很好。

可憐的泰瑞莎！可憐的受苦的女孩！他讓她從墳墓中復活，許諾她另一種人生，如今卻辜負了她。希望她願意原諒他。

診所狗欄的狗群中，有一隻他特別喜歡。是隻年紀還小的公狗，左後腿一帶萎縮了，只能拖著走。是不是天生缺陷他不知道。沒人願意認養牠。眼看牠的緩刑期就要結束了，不久就得挨那一針。

他看書或寫東西的時候，偶爾會把那隻狗放出來，讓牠在院子裡用怪異的姿態跑跑跳跳，或在他腳邊打盹。這隻狗無論在哪種意義上都不是「他的」，他也很小心不給牠取名字（儘管貝芙．蕭叫牠「Driepoot」，荷文的「三腳」）。然而他能察覺狗兒對他源源不絕的深情。這隻狗不假思索、毫無條件認定了他，也會甘願為他而死，他知道。

這隻狗對班究琴聲十分著迷。他一撥起琴弦，狗兒就坐起來，歪著頭，仔細聽。他哼起為泰瑞莎寫的旋律，愈哼感情愈豐富的時候（彷彿他的喉頭增厚，他感覺得到血液在喉中澎湃洶湧），狗會咂起嘴來，好似就要跟著唱和或長嚎。

他自問敢不敢——把一隻狗寫進歌劇裡，讓牠在泰瑞莎為情所苦的字裡行間，仰天發出自己的悲鳴？有何不可？一齣永無登台之日的劇作裡，肯定要做什麼都可以吧？

＊＊＊

每週六上午他會照兩人先前的約定，去東金廣場幫露西擺攤，收攤後再帶她去吃午餐。

露西的動作愈來愈慢，逐漸有種沉浸在自己的世界中、安然自若的神情。從外表看不太出來她有身孕，但假如連他都能看出端倪，大概不用多久，葛蘭姆斯鎮那些眼尖的女人也會注意到吧？

「佩楚斯最近怎麼樣？」他問。

「房子已經完工了，只剩天花板和水電那些。他們最近在慢慢搬過去。」

「他們的小孩呢？不是差不多要生了嗎？」

「是下週。時間安排得剛剛好。」

「佩楚斯有沒有再暗示過什麼？」

「暗示？」

「關於妳呀。妳在這整個計畫裡的位置。」

「沒有。」

「也許情況還會變，等這孩子──」他朝女兒身上比了一下，只是動作小到幾乎看不出。「──生了之後。畢竟是這片土地的孩子。他們否認不了這個事實。」

兩人沉默良久。

「妳對他有愛了嗎？」

這幾個字是他親口說的沒錯，但連他自己聽了也一驚。

「你說這孩子？沒有。怎麼可能？但總有一天我會的。愛會慢慢滋長出來——人總要相信大自然的力量。我決心要做個好媽媽，大衛。我要做個好媽媽，做個好人。你也應該盡力做個好人。」

「我怕已經太遲了。我只是還在服刑的老囚犯。但妳就朝這方向走吧。妳已經在路上了。」

好人。在黑暗的時代，下這種決心也不壞。

在兩人心照不宣之下，他暫時不去女兒的農場。然而某個平日，他開在肯頓路上，決定把皮卡停在岔路口，下車用走的。他沒走小徑，而是一路翻過隆起的草原。

他從盡頭的小丘頂上眺望，農場就在眼前開展：那棟老屋堅固依舊，馬廄、佩楚斯的新家，還有那座老攔水壩，他看得到一些小點，想必是鴨子；更大的點肯定是野雁，露西遠道而來的客人。

從這個距離望去，花圃成了五顏六色的色塊：洋紅色、紅玉髓色、灰藍色。花朵盛開的季節。蜜蜂必然樂上七重天。

只是不見佩楚斯，也沒看到他太太或那個跟進跟出的胡狼小子。不過露西正在花叢裡忙。他沿著山坡走下來的路上，也看到了那隻鬥牛犬在露西身旁的小徑上，像一片淡黃褐色的斑塊。

他在圍籬前停步。露西背對他，還沒發現他來了。她一襲淺色的夏季洋裝、靴子，戴著寬邊草帽，彎著腰剪枝、修枝、綁帶。他可以看見她膝膕處透出青筋的乳白皮膚，和大片柔弱的肌腱——這是女人身上最不美的部分，也最沒有表情，所以或許也最惹人憐愛。

露西站直身子，略略伸展了一會兒，又彎下腰去。下田勞動，這是農人的工作，從遠古即如此。他的女兒逐漸變成了農人。

她還是沒察覺他在場。至於那隻看門狗，則好像在打盹。

曾經，她只是母親體內的一隻小蝌蚪；如今，她在這裡扎扎實實生存著，更甚於過去的他。但願她能存在很久，比他還久。他去世後，但願她仍會在這裡的花圃間繼續她平常的工作。而且日後從她體內還會產出另一個存在，但願也能同樣堅實久長。如此一條生存的命脈就會延續，他在其中所占的比例、他能做的貢獻，將無可避免愈來愈少，終有一日或許亦為人遺忘。

他要當祖父了。理應像《聖經》中的模範父親約瑟。誰會想到有這一天！哪個漂亮女孩會被一個可以當祖父的人哄上床？

他輕喚她的名字。「露西！」

她沒聽見。

為人祖父需要什麼條件？他當父親的時候，儘管比一般人努力，還是不怎麼稱職。他當祖父的分數恐怕會比一般人更低吧。他缺乏老年人應有的美德：沉穩、慈祥、耐心。但或許某些美德消失的時候（好比熱情），這些美德就會出現。他得再回去讀讀維克多·雨果，書寫為人祖父之道的祖父詩人，也許能從裡面學到點東西。

風小了許多。有一刻四下完全靜止，他多希望永遠這樣下去——和煦的陽光，寂靜的午後，蜜蜂忙碌穿梭花田間。畫面中央是個少婦，das ewig Weibliche（德文：永恆的女性），腹部微隆，戴著草帽。一幅為名畫家薩金特或波納爾準備好的畫面。他是都市男孩，但就連都市男孩看到美景時也認得出那是美，驚嘆到忘了呼吸。

老實說，他儘管讀了這麼多華茲華斯，對鄉村生活卻始終沒什麼鑑賞的眼光。他對任何東西的眼光都不怎麼樣，唯獨對漂亮女孩例外，但他最後的下場呢？要培養眼光是否已然太遲？

他清清喉嚨。「露西。」拉高了嗓門。

方才的遐想結束了。露西站直身，半轉過來，微笑。「哈囉。」她招呼。「我沒聽到你過來。」

凱蒂抬起頭，但眼睛看不清楚，只朝他的方向望。

他費了點力氣爬過圍籬，凱蒂拖著笨重的步伐緩緩走向他，嗅了嗅他的鞋。

「卡車呢？」露西問，由於在農場幹活，也或許有點曬傷，一張臉紅通通的。她忽然間看來十分健康。

「我停在外面，散步過來。」

「要不要進來喝杯茶？」

她的語氣像是把他當訪客。很好。用訪客的身分來訪——新基礎，新起點。

＊＊＊

又是週日。他和貝芙·蕭正進行他們的「解決」工作。他一隻隻把動物帶進來，先是貓，再是狗：老的、瞎的、瘸的、跛的、殘廢的，但也有年輕、健康的——同樣都是大限已至。貝芙．蕭一隻隻輕撫著，對牠們說話，給牠們安慰，再把牠們送走，接著往後退，看著他把遺體裝進黑色塑膠袋，紮緊。

他和貝芙都沒說話。現在他已從她那邊學會全神貫注在他們要殺掉的那隻動物上，給牠他再也不會叫不出名字的東西：愛。

他綁好最後一個袋子，帶到門口。二十三個。只剩下那隻小公狗，那隻愛聽音樂的狗，其實早就該跟著同伴們踉踉蹌蹌進入診所，進入手術室，迎向鍍鋅檯面的手術台，迎向混在一起、久久不散的各種濃重氣味，包括他這輩子還沒聞過的——斷氣的味道，靈魂被釋放那瞬間飄出的淡淡氣味。

那隻狗轉了半天腦袋也搞不懂（永遠不可能搞得懂吧！他想）、拚命掀鼻子四處嗅也不明白的是：進了一間看似普通的房間，怎麼會再也出不來。這房間裡出了事，難以啟齒的事：靈魂硬生生從身體中給抽走；在空氣中懸浮片刻，扭曲，變形，再被吸走、消失。他再怎樣也無法理解，這房間不是房間，而是一個洞，生命就從這個洞流失。

總是愈來愈難，貝芙．蕭這麼說過。愈難，卻也愈容易。人習慣了事情變得更難，也不再訝於原本已經很難的事還能變得更難。假如他願意，他是可以把那隻小公狗再留一週。但該來的那天還是躲不掉，那時他就得把他帶到貝芙．蕭的手術室（或許他會把他抱在懷中，或許他會願意為他這麼做），輕撫他，把他身上的毛往後撥，好讓針頭找到血管；對他輕聲細語，在他滿頭霧水、四肢一軟的瞬間撐住他；接著，在他的靈魂出竅之際，把他四肢收疊好裝進袋裡，隔天把袋子送入烈焰，看著它燃燒，燒盡。等他的時候到了，這些事他全都會為他做。這些都是小事，再小不過的事——根本什麼都不是。

他從手術室走向後院。「剛剛那是最後一隻了嗎？」貝芙．蕭問。

「還有一隻。」

他打開籠子的門。「來。」他說，彎下腰，張開雙臂。那隻狗搖晃著殘廢的後半身走來，聞他的臉，舔他的頰、他的唇、他的耳。他完全沒阻止。「來吧。」

他把他抱在懷中，好似抱著羔羊，再次走進手術室。「我以為你會再留他一週的。」貝芙．蕭說。「你連他都放下了？」

「對，我連他也放下了。」

譯後記

翻譯這本書，是諸多機緣巧合使然，只能說或許是上天的安排。

二十二年前，任職於天下文化的我隨著當時的文學書系主編，在某個冬日下午上山拜訪本書（天下文化二〇〇〇年十月版）譯者孟祥森老師。見面詳情已不復記憶，但難忘的是我好似追星請孟老師為我在書名頁上簽名。他形容本書是他「翻譯生涯中的榮耀」。

當年讀此書，尚未領略其中真意，卻把孟老師意在言外的譯後記看了又看，玩味他下筆時的心情。怎知日後會有這麼一天，我也步向他當年翻譯時的人生階段，以譯者的身分細究此書。再讀他的譯後記，只覺一字一句重重撞在心上——兩名身處不同時空的譯者，卻對同樣的原文在某些層面起了共鳴，那悸動或許只有譯者方能體會。

如孟老師所言，「作者的英文非常簡練緊密」。用較現代的比喻，或可說本書有如苦酸甘交織的千層蛋糕，外觀用料看似簡單，卻層層緊實，密度驚人——從文字的密度、知識的密度，到情緒的密度與強度。作者像是藉此要求譯者和讀者睜大眼睛、放慢腳步，去體察他在表層、中層、底層置放的訊息。也正因此，這蛋糕在入口加溫後，會逐步釋出幽微的風味。如此的巧思在在考驗譯者的判斷與抉擇，令我有與孟老師相仿的惶恐——我怕譯文難以盡傳這風味何等絕妙。

說孟老師是開路先鋒，在作者精心鋪排的文字路上披荊斬棘，實不為過。他翻譯本書時，網路尚不及今日發達，以當年有限的資源，查證字詞、外來語（尤其是南非的多種語言及俚語）和各種典故的難度極高。如今的我拜數位時代之賜，望能適度以譯註說明多方查證及思考後的結果，讓譯文呈現作者刻意保留的異國文化感與南非當地感。即使作者已離開南非、移居澳洲，我似乎仍能從字裡行間感受到他對南非的複雜心情，故選擇盡量保留關於南非的詞彙、地名和敘述。

最後想為這段奇妙的際遇，向幾位關鍵人物致謝——首先是開啟這段機緣的陳榮彬老師，是他鼓勵我挑戰這座翻譯的峻嶺。感謝時任堡壘文化編輯的郭彤恩小姐，把這本書的翻譯重任交給我；以及接棒擔任責任編輯的梁燕樵小姐，與我一同激盪文字火花。

謝謝堡壘文化，讓這本經典在二十餘年後以另一風貌重返書市。

書海茫茫，譯者與原著相遇的原因何其多。能遇見這本對我個人有多重意義的書，是我翻譯生涯中無上的幸運，但願沒有辜負原著與作者。

張茂芸

柯慈作品列表

小說

《幽暗之地》（*Dusklands*）（一九七四）
《在國家心中》（*In the Heart of the Country*）（一九七七）
《等待野蠻人》（*Waiting for the Barbarians*）（一九八〇）
《麥可・K的生命與時代》（*Life and Times of Michael K*）（一九八三）
《仇敵》（*Foe*）（一九八六）
《鐵器時代》（*Age of Iron*）（一九九〇）
《聖彼得堡的文豪》（*The Master of Petersburg*）（一九九四）
《雙面少年》（*Boyhood: Scenes from Provincial Life*）（一九九七）

《動物的生命》（*The Lives of Animals*）（一九九九）
《可恥》（*Disgrace*）（一九九九）
《少年時》（*Youth: Scenes from Provincial Life II*）（二〇〇二）
《伊莉莎白・卡斯特洛》（*Elizabeth Costello*）（二〇〇三）
《緩慢的人》（*Slow Man*）（二〇〇五）
《凶年紀事》（*Diary of a Bad Year*）（二〇〇七）
《夏日時光》（*Summertime*）（二〇〇九）
《耶穌的童年》（*The Childhood of Jesus*）（二〇一三）
《耶穌的學生時代》（*The Schooldays of Jesus*）（二〇一六）
《耶穌之死》（*The Death of Jesus*）（二〇一九）
《波蘭人》（*The Pole and Other Stories*）（二〇二三）

非小說

《白色書寫：論南非的文學文化》（*White Writing: On the Culture of Letters in South*

Africa）（一九八八）

《雙重觀點：論文與訪談》（*Doubling the Point: Essays and Interviews*）（一九九二）

《冒犯：論審查制度》（*Giving Offense: Essays on Censorship*）（一九九六）

《陌生的海岸：文學散文》（*Stranger Shores: Literary Essays 1986–1999*）（二〇〇一）

《諾貝爾文學獎講座》（*The Nobel Lecture in Literature, 2003*）（二〇〇四）

《內心活動：柯慈文學評論集》（*Inner Workings: Literary Essays 2000–2005*）（二〇〇七）

《此時此地：與保羅奧斯特書信》（*Here and Now: Letters 2008–2011* ）（二〇一四）

《好故事：真實、虛構與心理治療的對話》（*The Good Story: Exchanges on Truth, Fiction and Psychotherapy*）（二〇一五）

NEW BLACK　33

可恥 Disgrace

柯慈（J. M. Coetzee）　著
張茂芸　譯

———————————————

堡壘文化有限公司
總編輯：簡欣彥｜副總編輯：簡伯儒
責任編輯：梁燕樵｜裝幀設計：mollychang.cagw

———————————————

出版：堡壘文化有限公司｜發行：遠足文化事業股份有限公司（讀書共和國出版集團）｜地址：231 新北市新店區民權路 108-2 號 9 樓｜電話　02-22181417｜Email：service@bookrep.com.tw｜郵撥帳號：19504465 遠足文化事業股份有限公司｜網址：www.bookrep.com.tw｜法律顧問：華洋法律事務所／蘇文生律師｜印製：韋懋實業有限公司｜初版 1 刷：2025 年 1 月｜定價：450 元｜ISBN 978-626-7506-49-3 ／ 9786267506455（PDF）／ 9786267506462（EPUB）

可恥／柯慈（J. M. Coetzee）著；張茂芸譯 . -- 初版 . -- 新北市：堡壘文化有限公司：遠足文化事業股份有限公司發行，2025.1｜面；公分 . --（NEW BLACK；33）｜譯自：DISGRACE｜ISBN 978-626-7506-49-3（平裝）｜886.8157｜113019443